Die Schatzkammer

Edgar Wallace

Impressum

Autor: Edgar Wallace
Übersetzung: Ravi Ravendro
Umschlagkonzept: toepferschumann, Berlin

Verlag: tradition GmbH, Hamburg
ISBN: 978-3-8472-3689-4
Printed in Germany

Text der Originalausgabe

Edgar Wallace

Die Schatzkammer

Kriminal-Roman

Ungekürzte Ausgabe
Originaltitel:
The Treasure House.

1

Diese Geschichte beginnt eigentlich mit einem Mann, der wenig Vertrauen in die Stabilität des Aktienmarktes setzte und es deshalb vorzog, seine Schätze in bar anzuhäufen. Mr. Lane Leonard war zwar kein Geizhals im engeren Sinn dieses Wortes, aber er hielt viel von der Realität des Reichtums, und praktisch ist nichts so real wie Gold. Und Gold hortete er in erstaunlichen Mengen. Aber es hätte ihn nicht befriedigt, das Gold in Kisten eingraben zu lassen; sein Gold mußte sichtbar und erreichbar sein – vor allem sichtbar. Deswegen häufte er seinen Reichtum in großen Behältern aus verstärktem Glas, die ihrerseits wieder in Stahldrahtkörbe eingelassen waren, denn Gold ist sehr schwer.

An der New Yorker Börse behauptete man, daß Lane Leonard ein Glückspilz sei, aber dieser Meinung konnte er sich nicht anschließen. Er war nicht Mitglied dieses illustren Kreises, sondern hatte ursprünglich begonnen, an der schwarzen Börse zu spekulieren und sich ein sehr bescheidenes Vermögen zu erwerben, das weniger durch sein eigenes Können als vielmehr durch einen glücklichen Zufall über Nacht rapide angewachsen war. Um ein Haar hätte dieses Ereignis seinen Bankrott bedeuten können. Drei Teilhaber, die mit ihm zusammengearbeitet hatten, verloren bei einer Baisse die Nerven und ließen ihn im Stich. Bevor er sich noch entscheiden konnte, ob er ihrem Beispiel folgen und alles abstoßen sollte, wurde von anderer, ihm unbekannter Seite die Baisse gestoppt. Der sensationelle Kursanstieg machte Mr. Lane Leonard zu einem reichen Mann. Er war zwar noch kein Millionär, aber es dauerte nicht mehr lange, bis ein weiterer Glückstreffer ihn auch diese Stufe erklimmen ließ. Hätte er Sinn für Humor besessen, dann wäre ihm klargeworden, wieviel Dank er Ereignissen schuldete, die von ihm nicht zu beeinflussen waren; da ihm dieser Charakterzug aber abging, führte er seinen Erfolg vor allem auf seinen eigenen Scharfsinn zurück. Es gab viele Leute, die die Illusion, daß er Verstand und Weitblick eines großen Finanziers besaß, nährten. Sein Schwager, Digby Olbude, erwies sich als einer seiner wortreichsten und vehementesten Schmeichler.

Lane Leonard stammte aus England, und er hatte auch eine Engländerin geheiratet, die New York haßte und sich nach Hamstead, einer netten Kleinstadt, zurücksehnte. Sie sah das Ziel ihrer Sehnsucht jedoch nie wieder, denn sie starb drei Jahre, nachdem ihr Mann seine Reichtümer und ein heimliches Begehren nach der amerikanischen Staatsbürgerschaft erworben hatte.

Zu dieser Zeit war John Lane Leonard bereits eine Autorität in allen Finanzangelegenheiten. Er schrieb Artikel für eine Londoner Wirtschaftszeitung, die nie veröffentlicht wurden, weil sie sich grundlegend von den Ansichten all derer unterschieden, die auch nur minimale Kenntnisse vom Wirtschaftsleben besaßen. Was immer Digby auch von ihnen halten mochte, er pries sie in den höchsten Tönen. Er trank damals sehr viel und spekulierte. Wenn er verlor, was häufig vorkam, bezahlte John Lane Leonard.

Sie trennten sich schließlich wegen einer Kleinigkeit von hunderttausend Dollar, und obwohl der Millionär auch diese Summe hatte aufbringen müssen, hätte er seinem Schwager am liebsten verziehen, weil er nie vergaß, daß Digby ihn bewunderte und ihm auch bei der Abfassung einer Broschüre über das Problem der Doppelwährung Hilfestellung geleistet hatte. Diese Broschüre wurde von den Experten der Wallstreet so lächerlich gemacht, daß Mr. Lane Leonard den Staub New Yorks von den Füßen schüttelte, sein Vermögen auf die Bank von England überwies, nach Kent zurückkehrte, Sevenways Castle kaufte und sich daranmachte, seine Theorien in die Praxis umzusetzen.

Er lernte eine hübsche Witwe mit Kind kennen und heiratete sie. Nach wenigen Jahren starb auch seine zweite Frau. Er änderte den Namen ihrer kleinen Tochter urkundlich von Pamela Dolby auf Pamely Lane Leonard und setzte sie als seine Erbin ein. Es war unbedingt nötig, daß eine Erbin vorhanden war, obwohl er einen männlichen Erben lieber gesehen hätte.

Zu dieser Zeit hatte er einen Fahrer namens Lidgett, einen jungen, vom Lande stammenden Mann mit scharf geschnittenem Gesicht, dessen Haupteigenschaften Intelligenz, Schlauheit und Gewissenlosigkeit waren. Aber davon wußte Mr. Lane Leonard natürlich nichts. Lidgett brachte ihm eine Verehrung entgegen, die ihn sehr erfreute. Es fehlte eigentlich nur noch, daß sich Lidgett jedesmal vor seinem Herrn zu Boden geworfen hätte. Er wurde erster Chauffeur und vertrauter Diener. Mr. Lane Leonard pflegte ihm Vorträge über den Goldstandard zu halten, während er sich anzog, und Lidgett schüttelte stets in hilfloser Bewunderung den Kopf.

»Was Sie für einen Kopf haben, Mr. Leonard! Ich versteh' gar nicht, wie man das alles behalten kann! Ich glaube, ich müßte den Verstand verlieren!«

Plumpe Schmeicheleien, aber nicht ohne Wirkung. Mr. Lane Leonard eröffnete Lidgett seinen großen Plan bezüglich der Schaffung einer Goldreserve. Lidgett brauchte drei Wochen, bis ihm klarwurde, daß sein Arbeitgeber über reales Geld sprach – über runde, goldene Münzen, die einen hohen Wert besaßen. Von diesem Augenblick an war er sehr aufmerksam.

Mr. Leonard ging fleißig zur Kirche, meistens abends. Wenn sie sich in London aufhielten, mußte Lidgett im Wagen vor der St.-Georgs-Kirche am Hannover-Square warten, wobei er seinen Arbeitgeber, der ihn vom Vergnügen abhielt, wild verfluchte. In Soho gab es einen Spielklub, der Mr. Lidgett als zweites Heim diente. Sobald Mr. Leonard sich in sein Zimmer zurückgezogen hatte, verlor Lidgett keine Zeit, zu dem mit grünem Filz bezogenen Kartentisch zu eilen.

Sein Arbeitgeber war ein nachlässiger Mann, dem der Verlust von Fünfpfundnoten nicht weiter auffiel, und Lidgett hatte Glück am Spieltisch, mehr Glück als der würdige, ältere Herr, der nur in Dutch Harrys Spielklub zu kommen schien, um sein Geld zu verlieren.

Einmal borgte er sich zwanzig Pfund von Lidgett, und es fiel ihm einigermaßen schwer, den Betrag zurückzuzahlen. Joe Lidgett lernte ihn sehr gut kennen, ja, er konnte ihn sogar recht gut leiden. »Sie sollten das Spielen aufgeben, Mister. Dafür haben Sie nicht den Kopf.«

»Schon möglich, schon möglich«, erwiderte der andere kalt.

In den frühen Morgenstunden gingen der kleine Chauffeur und sein etwas aristokratischer Freund gelegentlich in ein Speiselokal, um einen Imbiß einzunehmen, bevor jeder seine eigenen Wege einschlug. Der unglückliche Verlierer zu seinem Frühzug, der ihn in die Provinz zurückbrachte, Mr. Lidgett zu seinen Pflichten als Diener und Chauffeur.

*

Im Verlaufe der vertraulichen Unterredungen mit seinem Diener kam Mr. Leonard auch auf seinen Schwager zu sprechen.

»Er ist einer der wenigen, die meine Theorien wirklich verstehen, Lidgett«, erklärte er. »Unglücklicherweise haben wir uns wegen einer Kleinigkeit verkracht, und ich habe seit vielen Jahren nichts mehr von ihm gehört. Ein kluger Finanzmann, Lidgett, wirklich sehr klug! In letzter Zeit fühle ich mich immer wieder versucht, mit ihm in Verbindung zu treten; er ist der einzige, dem ich meine Wünsche anvertrauen kann, wenn es stimmt, was dieser alberne Arzt behauptet.«

›Dieser alberne Arzt‹ war ein berühmter Spezialist, der etwas sehr Ernstes erklärt hatte, oder vielmehr, es wäre ernst gewesen, wenn sich Mr. Leonard als gewöhnlichen Sterblichen betrachtet hätte.

Von seiner Stieftochter sah er sehr wenig. Sie war in einem Internat, kam nur in den Ferien nach Hause und lauschte Mr. Leonards Vorträgen über den Goldwert ohne Verständnis. Sie beobachtete den Bau der ersten Schatzkammer, besichtigte die Stahltüren und war der Meinung, daß das Gewölbe ein wenig unheimlich wirkte. Nebenbei hörte sie, daß das alles um ihretwillen geschehe, aber das konnte sie nie richtig glauben.

Eines Tages erlitt Mr. Leonard einen Anfall, der eine einstündige Bewußtlosigkeit hervorrief. Als er sich erholt hatte, schickte er nach Lidgett.

»Lidgett, ich möchte, daß Sie sich mit Mr. Digby Olbude in Verbindung setzen«, erklärte er. »Seine Anschrift werden Sie vermutlich im Telefonbuch finden können.«

Er verkündete im einzelnen, was er von Mr. Olbude wollte, und Lidgett hörte interessiert zu. Digby Olbude sollte die Arbeit seines Schwagers fortführen und für eine Reihe von Jahren die Kontrolle über ein unermeßliches Vermögen ausüben.

Lidgett begab sich auf seine Erkundungstour, wobei er sich fragte, auf welche Weise er von der kommenden Veränderung profitieren konnte.

Digby Olbude war nicht schwer zu finden, obwohl er zweimal den Namen gewechselt hatte.

Der schlaue, kleine Chauffeur kehrte nachdenklich nach Sevenways zurück. Hier fand er einen Brief, der ihm von London aus nachgeschickt worden war, einen pathetischen, flehenden, wirren Brief in perfektem Englisch von dem älteren Herrn aus dem Spielklub.

Joe Lidgett hatte einen Einfall. Wenige Tage später fühlte sich sein Arbeitgeber etwas besser, so daß er ihn empfangen konnte. Lidgett berichtete über seine Suche nach Digby Olbude.

»Ich hätte ihn gern gesehen«, sagte Leonard mit schwacher Stimme.»Ich fürchte, mir geht es nicht allzu gut, Lidgett wo sind Sie?«

»Ich bin hier, Sir«, erwiderte Lidgett.

»Ich sehe nicht mehr recht gut.«

*

Der Mann, den Mr. Lidgett gefunden hatte, kam am nächsten Morgen mit dem Wagen. Er stieg mit einiger Nervosität zum Schlafzimmer des Sterbenden hinauf und wurde dem Rechtsanwalt vorgestellt, den Mr. Leonard aus London hatte holen lassen.»Das ist mein Schwager, Digby Olbude ...«

Das Testament wurde unterschrieben und von den Zeugen gegengezeichnet. Es war charakteristisch für Lane Leonard, daß er nicht einmal nach seiner Erbin schickte oder eine Abschiedsnachricht hinterließ. Für ihn war sie nicht mehr als der Aufhänger für seine Theorien – dabei waren es nicht einmal seine eigenen Theorien.

Sie erfuhr in einem förmlichen Brief ihres neuen Vormunds vom Ableben Mr. Leonards, und zwar am selben Tage, als Larry O'Ryan sich entschloß, Einbrecher zu werden.

Larry O'Ryan, den man unter der Anklage, aus Mr. Farthingales Zimmer fünfundachtzig Pfund gestohlen zu haben, aus einer bekannten Schule ausgestoßen hatte, wäre nicht nur in der Lage gewesen, sich von dieser Beschuldigung reinzuwaschen, er hätte auch den wahren Schuldigen nennen können.

Er hatte keine Eltern mehr und auch keine Freunde. Wenn Creeds Bank seinem Vater gegenüber ein wenig großzügiger gewesen wäre, wenn der Panton Credit Trust ein ehrliches Unternehmen gewesen wäre, wenn die Medway und Western Bank nicht einen Verkauf erzwungen hätte, dann wäre Larry reich gewesen.

Es war kein Zufall, daß diese bedeutenden Firmen Kunden der Monarch Security Steel Corporation waren – aber davon später.

Larry haßte die Schule, haßte vor allem den hochtrabenden Lehrer, der mit Mr. Farthingale befreundet war und sein Arbeitszimmer benützte, wenn der Vorsteher ausgegangen war aber er sagte nichts. Wieviel galt schon sein Wort gegen das eines Lehrers? Er nahm also die Ausstoßung gelassen hin, weil er damit auch dem Zwang der Schule entfliehen konnte.

Außerdem wurden die fünfundachtzig Pfund zurückgegeben. Bevor Larry die Schule verließ, unterhielt er sich mit dem verängstigten Dieb und sagte ihm klar seine Meinung. »Ich gehe das Risiko ein, daß man mir nicht glaubt«, hatte er gesagt, »ich gehe zum Vorsteher und erkläre, daß ich Sie beim Öffnen der Geldkassette überrascht habe. Ich weiß nicht, wozu Sie das Geld gebraucht haben, aber das wird sich ja herausstellen.«

Der Beschuldigte hatte ihn beschimpft, aber schließlich war ihm nichts anderes übriggeblieben, als das Geld zurückzuerstatten. Die Leute glaubten, es sei Larry oder Larrys Vormund gewesen, der die Banknoten zurückgeschickt hatte, aber das stimmte eben nicht.

Larry ging in die Welt hinaus und suchte nach Arbeit. Er war Bote, Maschinenschreiber, Austräger. Keine Aussichten.

Er dachte eines Samstagabends darüber nach und beschloß, den Beruf eines Einbrechers zu ergreifen. Ein Jahr lang besuchte er eine Abendschule und lernte fleißig. Danach bekam er eine Stellung bei einer Panzerschrankfabrik in Wolverhampton.

Die Firma hatte Weltruf. Larry erfuhr alles über Schlösser und Sperrvorrichtungen, was wissenswert war. Er lernte jede Art von

Schlüssel herzustellen. Im Garten hinter dem Haus, in dem er wohnte, befand sich ein kleiner Schuppen, in dem er bis in die Nacht hinein arbeitete.

Nachdem er Wolverhampton verlassen hatte, errang er sensationelle Erfolge. Creeds Bank verlor vierzigtausend Pfund in amerikanischen Banknoten. Niemand sah den Einbrecher kommen oder gehen. Die Stahltüren des großen Tresors waren mit einem Schlüssel geöffnet worden.

Dann kam der Panton Credit Trust an die Reihe. In weniger als zwei Stunden verschwanden hunderttausend Pfund.

Beim dritten Streich tappte Larry daneben. Das war vor allem auf die Vorsichtsmaßnahmen eines älteren Detektivs zurückzuführen, der die Medway und Western Bank beriet. Dieser Detektiv hatte nämlich entdeckt, welche Banken ihre Tresortüren von der Monarch Safe Corporation bezogen.

Ermittlungen bei der Panzerschrankfabrik führten auf die Spur von Larry O'Ryans.

»Es war mehr – äh – Glück als Voraussicht«, meinte Mr. Reeder entschuldigend, »daß es mir gelungen ist, diesem jungen Mann – äh – zuvorzukommen.«

Er konnte Larry vom ersten Gespräch an in einer Zelle im Bow-Street-Gefängnis gut leiden. Er hatte so gar nichts mit den anderen Verbrechern gemeinsam, die Mr. Reeder in seinem Leben kennengelernt hatte. Larry winselte und log nicht, er prahlte nicht, und er wich nicht aus. Mr. Reeder kannte seine Vergangenheit nicht, und er konnte auch nichts darüber herausfinden.

»Es ist sehr bedauerlich, daß Sie so schlau sind, Mr. Reeder. Das hätte mein drittes und letztes Auftreten als Einbrecher sein sollen – ich hatte eigentlich vor, als wohlhabender, ordentlicher Bürger zu leben, und im Lauf der Zeit hätte ich es sicherlich zum Friedensrichter gebracht!«

Mr. Reeder lächelte selten, aber jetzt konnte er ein Schmunzeln nicht unterdrücken.

»Die anderen beiden geglückten Versuche als Einbrecher richteten sich doch wohl gegen – äh – Creeds Bank und den Panton Trust?«

Larry grinste. »Darüber wollen wir lieber nicht sprechen«, erklärte er höflich.

Mr. Reeder war jedoch nicht ohne weiteres bereit, das Thema zu wechseln, denn es galt, hundertundvierzigtausend Pfund wiederzubeschaffen.

»Ich würde Ihnen nicht empfehlen, Mr. O'Ryan«, sagte er sanft, »diese wichtigen Dinge zu verschweigen, vor allem den Verbleib einer beträchtlichen Summe, die diesen beiden Firmen entwendet wurde. Ein offenes Geständnis kann Ihnen sehr viel weiter helfen, wenn Sie – äh – vor einen Richter Ihrer Majestät gebracht werden. Ich verspreche durchaus nichts«, fügte er vorsichtig hinzu, »ich beziehe mich nur auf ähnliche Fälle, aber gewöhnlich sind die Richter bereit, bei der Urteilsverkündung die Ehrlichkeit des – äh – Beschuldigten bezüglich seiner früheren Missetaten in Betracht zu ziehen.«

Larry O'Ryan lachte. »Das ist ein hübsches Wort – Missetaten! Nein, Mr. Reeder – in aller Freundlichkeit, nein! Mit den beiden Einbrüchen, von denen Sie gesprochen haben, kann mich niemand in Zusammenhang bringen. Ich habe darüber gelesen und kenne natürlich die Tatsachen, soweit sie in der Zeitung veröffentlicht wurden. Darüber hinaus bin ich jedoch nicht bereit, auch nur das Geringste zuzugeben.«

J. G. Reeder gab sich noch nicht geschlagen. Er wisse, so erklärte er, daß O'Ryan bei einer gewissen Panzerschrankfabrik angestellt gewesen sei, er wisse ferner, daß die betroffenen Kreditinstitute ihre Tresore von der genannten Fabrik bezogen hätten, weshalb es gar keinem Zweifel unterliegen könne, daß O'Ryan auch für die beiden anderen Einbrüche verantwortlich sei. Aber Larry schüttelte den Kopf.

»Die Beweislast liegt bei der Anklagebehörde«, meinte er mit gespielter Ernsthaftigkeit. »Ich würde Ihnen sehr gerne helfen, Mr. Reeder. Übrigens habe ich schon sehr viel von Ihnen gehört. Sie wohnen in der Brockley Road, Sie halten Hühner, Sie besitzen einen

Schirm, der immer geschlossen bleibt, damit er nicht durch Regen Schaden erleidet, und Sie rauchen miserable Zigaretten.«

Mr. Reeder lächelte wieder. »Sie haben ja Anlage zum Detektiv«, sagte er. »Jetzt wollen wir einmal über Creeds Bank sprechen –«

»Reden wir lieber übers Wetter«, meinte Larry.

Ganz Scotland Yard, die Staatsanwaltschaft, Mr. Reeder, Spitzel, Zuträger und auch eine Anzahl lichtscheuer Gestalten machten sich auf die Suche nach den verschwundenen hundertvierzigtausend Pfund, aber es gelang nicht, genügend Beweise herbeizuschaffen, um Larry auch dieser beiden Einbrüche anzuklagen.

Nach geraumer Zeit erschien er vor einem Richter im Old Bailey und gab zu, mit Einbrecherwerkzeugen im Bankgebäude angetroffen worden zu sein. Nach einer ziemlich scharfen Verhandlung wurde er für schuldig befunden und zu acht Jahren Gefängnis verurteilt.

Die Verhandlung wurde vor allem deshalb sehr scharf geführt, weil sich der Staatsanwalt in eine persönliche, deutlich spürbare Abneigung gegen den Angeklagten hineinsteigerte. Ein Grund dafür war nicht ersichtlich; es handelte sich um eines jener Vorurteile, die gelegentlich das Urteilsvermögen intelligenter Menschen trüben. Vielleicht hatte Larry irgendeine lässige Bemerkung beim Verhör von sich gegeben, die der Ankläger als persönliche Beleidigung betrachtete. Jedenfalls bezog er sich in seinem Abschlußplädoyer auf den Raubüberfall auf Creeds Bank und den Einbruch im Panton Trust. Bei der erstmaligen Erwähnung dieser Ereignisse unterbrach ihn der Richter und warnte ihn vor den Folgen seines Verhaltens, aber der Ankläger ließ sich nicht beirren. Obwohl kein Beweismaterial in dieser Hinsicht vorgelegt und dementsprechend auch keine Anklage erhoben war, zog er ständig Parallelen zu den beiden ersten Einbrüchen, betonte die Tatsache, daß der Angeklagte in jener Firma gearbeitet hatte, von denen die Banken ihre Tresore bezogen hatten. Währenddessen saß Larry mit verschränkten Armen auf der Anklagebank, und er konnte ein schwaches Lächeln nicht unterdrücken, denn er wußte, welche Chancen sich ihm hier boten.

Er legte Berufung ein; das Urteil wurde auf Grund von Verfahrensmängeln aufgehoben, und Larry O'Ryan mußte freigesprochen werden.

Sein erster Besuch führte ihn zu Mr. J. G. Reeder, nachdem er vorher schriftlich angefragt hatte, ob sein Erscheinen angenehm sei. Reeder bat ihn zum Tee, eine Ehre, die nur wenigen Menschen zuteil wurde. Larry erschien allerbester Laune.

»Darf ich Ihnen sagen«, meinte Mr. Reeder, »daß Sie ein großer Glückspilz sind?«

»Und wie!« erwiderte Larry. »Wer hätte schließlich gedacht, daß der Staatsanwalt einen solchen Fehler machen würde! – Mein Besuch ist Ihnen bestimmt nicht unangenehm?«

Mr. Reeder schüttelte den Kopf. »Wenn Sie nicht von selbst bei mir erschienen wären, hätte ich Sie eingeladen«, sagte er. Mit der Silberzange legte er ein Stück Kuchen auf Larrys Teller. »Es wäre Zeitverschwendung, Mr. O'Ryan, und sogar eine Verletzung des – äh – Gastrechts, wenn ich mich weiterhin auf diese unglückseligen Vorfälle bei Creeds Bank und dem Panton Trust beziehen würde. Als Detektiv und Beamter wäre ich äußerst glücklich, wenn ich einen Hinweis finden könnte, der Sie mit diesen – äh – Missetaten – dieses Wort gefiel Ihnen doch wohl – in Verbindung bringt.«

»Missetaten ist mein Lieblingswort«, murmelte Larry mit vollem Mund.

»Irgendwie habe ich jedoch das Gefühl, daß man Sie nicht überführen wird, und in gewisser Beziehung bin ich froh darüber. Das ist natürlich eine sehr unmoralische Feststellung«, fügte er hastig hinzu, »und gegen alle meine – äh – Prinzipien. Wie werden Sie sich jetzt Ihren Lebensunterhalt verdienen, Mr. O'Ryan?«

»Ich lebe von meinen Zinsen«, erwiderte Larry gelassen. »Mein Kapital im Ausland bringt mir jährlich rund siebentausend Pfund ein.«

Mr. Reeder nickte langsam. »Mit anderen Worten, fünf Prozent von hundertvierzigtausend Pfund«, murmelte er. »Eine hübsche Summe – eine sehr hübsche Summe.« Er seufzte.

»Sie scheinen sich nicht besonders darüber zu freuen«, meinte Larry belustigt.

Mr. Reeder schüttelte den Kopf. »Nein, ich denke an die armen Aktionäre von Creeds Bank –«

»Die gibt es nicht. Die Familie Creed besitzt sämtliche Anteile. Sie hat meinen Vater um hunderttausend Pfund geprellt – es war sogar noch ein bißchen mehr. Die genauen Einzelheiten sind mir nicht bekannt, aber ich weiß, daß es mindestens hunderttausend waren.«

J. G. Reeder sah zur Decke empor. »Das war also eine Art ausgleichender Gerechtigkeit!« sagte er langsam. »Und Pantons Trust?«

»Sie kennen die Firma doch«, entgegnete Larry ruhig. »Seit fünfundzwanzig Jahren wird dort durch Zusammenarbeit mit Schwindelfirmen Geld verdient. Der Trust schuldet mir weit mehr, als – er verloren hat.«

Mr. Reeder lächelte freundlich. »Beinahe wäre Ihnen herausgerutscht ›als ich genommen habe‹«, sagte er vorwurfsvoll.

»Wo denken Sie hin?« erwiderte Larry. »Nein, Sie brauchen Ihr Mitgefühl nicht an diese Banken zu verschwenden. Ich könnte Ihnen im übrigen auch über die Medway und Western Bank interessante Dinge mitteilen, aber ich verzichte darauf.«

»Wieder ausgleichende Gerechtigkeit, wie? Sie sind ja ein Romantiker!«

Mr. Reeder richtete sich auf, ergriff die Teekanne und goß seinem Gast ein.

»Ich werde Ihnen etwas versprechen. Wir reden nie mehr über diese Angelegenheit, aber es wäre mir sehr lieb, wenn Sie mich besuchen würden, sobald Ihnen das Leben ein bißchen langweilig vorkommt. Gleichzeitig möchte ich Sie jedoch – äh – warnen, daß diese Besuche ein Ende haben, wenn Sie erneut den Wunsch haben sollten, bei anderen Banken, die – äh – ausgleichende Gerechtigkeit zu spielen. Dann müßte ich mein Bestes tun, Sie hinter Schlösser und Riegel zu bringen, die nicht von der bewußten Panzerschrankfabrik angefertigt wurden!«

Larry wurde regelmäßiger Gast im Hause an der Brockley Road. Wäre er ein anderer Mensch geworden, dann hätte er sicher Mr.

Reeder verdächtigt, er kultiviere diese Bekanntschaft nur, um etwas über die beiden Einbrüche herauszubringen. Aber er kam gar nicht dazu, und Mr. Reeder freute sich sehr darüber.

Nur einmal kamen sie auf Larrys Vergangenheit zu sprechen. Sie hatten miteinander einen Abend in der Stadt verbracht. Mr. Reeder war es kurz vorher gelungen, das Beweismaterial über den Einbruch in der Zentralbank zu vervollständigen, und er fühlte sich müde. Sie saßen in einem kleinen Restaurant in Soho beim Abendessen, als Larry die Frage stellte: »Wissen Sie etwas über das Lane-Leonard-Vermögen?«

Mr. Reeder nahm sein Pincenez ab und polierte die Gläser.

»Bevor ich Ihnen antworte, hätte ich gern gewußt, was Sie mit dieser Frage bezwecken?«

Larry grinste. »Es besteht kein Grund zur Vorsicht. Ich werde Ihnen sagen, wie ich darauf komme – durch dieses Eisengitter da drüben vor der Kasse. Es hat beinahe dasselbe Muster wie jenes Gitter, das wir für Lane Leonard anfertigten. Vermutlich werden dort Pfandbriefe aufbewahrt. Die Firma besitzt jedenfalls einen der stärksten Tresore, die jemals an Unternehmen geliefert wurden, bei denen es sich nicht um eine Bank handelt.«

Mr. Reeder winkte einem Kellner und bestellte Kaffee.

»Sie meinen wahrscheinlich das Vermögen des verstorbenen John Lane Leonard. Ein Millionär, der vor drei Jahren das Zeitliche segnete und seiner Stieftochter ein riesiges Vermögen hinterließ – der genaue Betrag ist mir nicht bekannt, aber er muß zwischen einer und zwei Millionen Pfund liegen.«

»Und er war kein Bankier?« erkundigte sich Larry neugierig.

Mr. Reeder schüttelte den Kopf. »Nein. Soviel ich weiß, war er Börsenmakler in Amerika. Er scheint sehr viel spekuliert zu haben, und offensichtlich war er intelligent genug, das dabei verdiente Geld zusammenzuhalten. Sie sagen, daß er sich einen Tresor bauen ließ?«

Larry nickte. »Den stärksten, den ich je gesehen habe. Nicht sehr groß, aber dreifach verstärkte Stahlwände, zwei Türen sowie sämtliche Sicherungen, die es für Geld zu kaufen gab. Ich hab' ihn mir nach der Fertigstellung angesehen und auch mit den Fachleuten darüber gesprochen.« Er überlegte einen Augenblick. »Das muß übrigens kurz vor dem Tod von Lane Leonard gewesen sein. Ich erinnere mich jetzt, daß der Tresor nur wenige Monate vorher fertiggestellt worden war. Leonard muß eine Menge Wertpapiere besessen haben, aber warum hinterlegte er sie nicht bei einer Bank?«

Mr. Reeder sah ihn vorwurfsvoll an. »Es gibt viele Gründe, warum man Wertpapiere nicht bei der Bank beläßt«, meinte er, »und einer davon – äh – sind Sie.«

Mr. Reeder dachte auf dem Heimweg über diese Neuigkeit nach. Er versuchte, sich die Einzelheiten von Leonards Testament ins Gedächtnis zu rufen. Er hatte damals in der Zeitung davon gelesen, konnte sich aber nicht entsinnen, irgend etwas Bemerkenswertes daran gefunden zu haben.

Zu Hause zog er ein Nachschlagewerk zu Rate. Miss Lane Leonard, die Erbin, wohnte im Sevenways Castle, Grafschaft Kent. Mr. Reeders Pflichten hatten ihn noch nie in diese Gegend geführt, aber er erinnerte sich dunkel, eine Photographie des Schlosses gesehen zu haben, das früher einmal in königlichem Besitz gewesen sein mußte.

Kurze Zeit nach dem Gespräch mit Larry O'Ryan machte Mr. Reeder die Bekanntschaft von Mr. Buckingham. Dieses Zusammentreffen ergab sich in der Öffentlichkeit, was Mr. Reeder äußerst unangenehm war. Am gleichen Tage hatte er eine kleine Auseinandersetzung mit dem stellvertretenden Staatsanwalt gehabt.

»Ich möchte Sie nicht belästigen, Mr. Reeder«, hatte der Beamte erklärt, »nachdem ich weiß, daß Sie Ihre eigenen Methoden haben, aber es ist uns zu Ohren gekommen, daß Sie sich häufig mit einem Mann treffen, der im Old Bailey unter Anklage gestanden hat und dessen Verurteilung leider wieder aufgehoben wurde. Ich teilte den verantwortlichen Stellen mit, daß Sie wahrscheinlich versuchen, Informationen über die beiden anderen Einbrüche zu erhalten. Das trifft doch zu, nicht wahr?«

»Nein, Sir«, erwiderte Mr. Reeder, »das trifft ganz und gar nicht zu.« Mr. Reeder konnte sehr energisch sein. »Ich bemühe mich nicht einmal, diesen jungen Mann auf dem rechten Weg zu halten. Ein

Detektiv gleicht in mancher Beziehung einem Journalisten, Sir. Er kann sich in jeder Gesellschaft sehen lassen, ohne sein Gesicht zu verlieren. Ich kann Mr. O'Ryan sehr gut leiden. Er ist ein interessanter Mensch, und ich treffe mich mit ihm so oft, wie es mir paßt. Wenn man der Meinung ist, daß ich das Ansehen Ihrer Behörde belaste, bin ich jederzeit bereit, sofort meinen Rücktritt anzubieten.«

Das war ein Reeder, den der stellvertretende Staatsanwalt noch nicht kannte, von dem er aber gehört hatte – Mr. Reeder als Diktator.

»Ich verstehe gar nicht, warum Sie in diesem Ton –« begann er.

»Das ist genau der Ton, den ich Personen gegenüber anwende, die sich in mein Privatleben einmischen«, meinte Mr. Reeder.

Der stellvertretende Staatsanwalt telephonierte mit seinem Chef, der sich in der Provinz aufhielt, und der leitende Staatsanwalt sagte kurz und bündig: »Lassen Sie ihn um Himmels willen in Ruhe. Reeder ist durchaus in der Lage, auf sich selbst aufzupassen.«

Mr. Reeder machte sich also triumphierend auf in die Queen's Hall, wo Larry ihn erwartete, und gemeinsam lauschten sie einem Konzert klassischer Musik, die J. G. Reeder völlig unverständlich blieb, die er aber über sich ergehen ließ, um seinen Begleiter nicht zu beleidigen.

»Herrlich!« sagte Larry, als die letzten Geigentöne im stürmischen Applaus untergingen.

»Außerordentlich«, stimmte Mr. Reeder zu. »Die Melodie habe ich zwar nicht wiedererkannt, aber er scheint sein Instrument schon zu beherrschen.«

»Sie sind ein Philister, Mr. Reeder«, stöhnte Larry, der Musik sehr liebte. Mr. Reeder schüttelte wehmütig den Kopf.

»Ich fürchte, daß ich mich dafür nie begeistern kann«, meinte er. »Ich habe für alte Lieder etwas übrig, zum Beispiel –«

»Gehn wir was trinken«, sagte Larry verzweifelt. Sie benützten die Pause, um den Erfrischungsraum aufzusuchen. Und hier trat Mr. Buckingham in Erscheinung.

Er war ein großer, breitschultriger Mann, mit rotem Gesicht, ungebändigtem Haarschopf und ziemlich kleinen Augen. Er schien getrunken zu haben, weil er Mr. Reeder glasig anstarrte und ihm dann eine große, häßliche Hand entgegenstreckte.

»Sie sind Mr. Reeder, nicht wahr?« meinte er heiser, »Ich wollte Sie schon besuchen, aber ich bin sehr beschäftigt. Und ausgerechnet hier trifft man sich! Ich habe Sie oft bei Gericht gesehen.«

Mr. Reeder nahm die Hand und ließ sie sofort wieder los. Er haßte feuchte Hände. Soweit er sich erinnern konnte, war er mit diesem Mann noch nie zusammengetroffen.

Der andere fuhr fort: »Ich heiße Buckingham. Ich war früher bei der Londoner Polizei.« Er beugte sich vor und fragte vertraulich: »Haben Sie schon jemals so etwas Gräßliches gehört?«

Offensichtlich bezog sich diese Bemerkung auf das Konzert. »Ich wäre ja nie hierhergekommen, aber meine Braut hat mich mitgeschleppt. Sie ist sehr intellektuell!« Er blinzelte. »Ich bring' sie her.«

Er tauchte in der Menge unter und kehrte kurze Zeit später mit einem blassen, häßlichen Mädchen zurück, das jedoch nicht so intellektuell zu sein schien, daß es Mr. Buckinghams Trostmittel verschmähte, denn auch die Augen des Mädchens waren glasig.

»Ich werde Sie jetzt demnächst mal besuchen und mich mit Ihnen unterhalten«, sagte Buckingham. »Ich weiß nicht, ob ich das tun muß, aber es kann sein. Wenn es dazu kommt, haben wir jedenfalls allerhand zu besprechen.«

»Ich bin überzeugt davon«, meinte Mr. Reeder.

»Man soll zur rechten Zeit stolz und zur rechten Zeit bescheiden sein«, fuhr Buckingham geheimnisvoll fort. »Das ist alles, was ich zu sagen habe.«

Kurz darauf sah Mr. Reeder ihn mit einem kleinen Mann mit hartem, unsympathischem Gesicht sprechen. Auch dieser trug einen dunklen Anzug, darüber einen Mantel. Offensichtlich gehörte er nicht zu den Konzertbesuchern, weil ihn Mr. Reeder später hinausgehen sah.

»Wer war denn das?« fragte Larry.

»Ich habe nicht die geringste Ahnung«, erwiderte Reeder, und Larry lachte.

*

Zwei Tage später sah Mr. Reeder die beiden Männer wieder. Gegenüber dem Parlament, an der Nordseite der Westminster Bridge, hatte sich der Verkehr gestaut.

Mr. Reeder, der die Straße überqueren wollte, betrachtete die langsam vorbeifahrenden Fahrzeuge. Er sah einen grauen Lieferwagen mit Plane. Am Steuer saß der schmalgesichtige Mann, der ihm im Erfrischungsraum des Konzertsaals aufgefallen war, neben ihm Buckingham.

Die beiden Männer bemerkten ihn nicht. Der Lieferwagen schien schwer beladen zu sein, weil die Brücke nach unten durchhing. Seltsam, dachte Mr. Reeder, Kraftfahrer und ihre Helfer erscheinen gewöhnlich nicht elegant gekleidet in Konzertsälen, aber es gab eben viele merkwürdige Dinge.

*

Als Larry vierzehn Tage später bei Mr. Reeder erschien, hatte er über ein Abenteuer zu berichten.

»Sie sehen einen Helden vor sich«, erklärte er überschwenglich, als er seinen Mantel an einen Haken hängte. »Ich habe eine junge Dame gerettet! Mit jener seltenen Geistesgegenwart, die den O'Ryans angeboren ist, gelang es mir –«

»Es war nicht so sehr Geistesgegenwart, als vielmehr ein Laternenpfahl«, murmelte Mr. Reeder, »obwohl ich zugebe, daß Sie – äh – sehr schnell reagiert haben.«

Larry starrte ihn an. »Woher wissen Sie das denn?« fragte er.

»Ich war interessierter Zuschauer«, erklärte Mr. Reeder. »Das Ganze spielte sich in der Nähe des Büros ab, und ich sah zufällig aus dem Fenster. Ich fürchte, daß ich überhaupt sehr viel Zeit damit verschwende, aus dem Fenster zu sehen. Ein Wagen kam ins Schleudern und geriet auf den Gehsteig. Die junge Dame wäre sicherlich schwer verletzt worden, wenn es Ihnen nicht gelungen wäre, sie zur Seite zu reißen, bevor der Wagen auf den Laternenpfahl prallte. Ich habe natürlich applaudiert, aber stumm, weil im

Büro absolute Ruhe verlangt wird. Ich glaube aber trotzdem, daß der Laternenpfahl fast ebensoviel –«

»Selbstverständlich, aber die junge Dame hätte verletzt werden können. Haben Sie sie gesehen?« fragte Larry eifrig. »Sie ist wunderschön!«

Mr. Reeder meinte, er finde sie interessant. Larry schnaubte. »Interessant! Sie ist einfach überwältigend. Ich war so begeistert, daß sie glaubte, ich hätte mich verletzt.«

Mr. Reeder nickte. »Ich hab' sie mir sogar ziemlich genau angesehen. Wer ist sie?«

Larry schüttelte den Kopf. »Ich weiß nicht. Heutzutage ist es ziemlich schwer, so etwas festzustellen, weil alle Frauen elegant gekleidet sind. Ich habe sie natürlich nicht nach ihrem Namen gefragt. Sie war ziemlich aufgeregt und hastete gleich davon. Ich sah sie in einen Rolls Royce einsteigen, der offensichtlich auf sie gewartet hatte –«

»Mit dem Kennzeichen ZU 2918«, sagte Mr. Reeder. »Ich habe den Wagen gesehen. Es ist sehr bedauerlich.«

»Das kann man wohl sagen. Wenn ich bei Verstand gewesen wäre, hätte ich ihr meinen Namen genannt. Zumindest könnte sie dann ihrem Retter brieflich danken.

»Nein, nein, so hab' ich das nicht gemeint.« Die Haushälterin betrat das Zimmer und deckte den kleinen Tisch. Erst als sie gegangen war, fuhr Mr. Reeder fort: »So hatte ich das nicht gemeint. Wenn Sie sich ihr vorgestellt hätten, wäre es Ihnen möglich gewesen, die junge Dame zu fragen, warum ein derart massiver Tresor bestellt worden war.«

Larry sah ihn verständnislos an. »Tresor? Ich weiß nicht, wovon Sie reden.«

Mr. Reeder lächelte. »Die junge Dame war Miss Lane Leonard«, sagte er.

Larry runzelte die Stirn. »Sie kennen Sie?«

»Ich habe sie noch nie zuvor gesehen.«

»Wie zum Teufel wissen Sie dann, daß Sie Miss Lane Leonard ist? Haben Sie ihr Bild gesehen?«

Mr. Reeder schüttelte den Kopf.»Nein.«

»Wieso wissen Sie dann Bescheid?« fragte Larry ziemlich ungeduldig.

Mr. Reeder lachte.»Das Kennzeichen des Rolls Royce genügte mir. Ich rief bei Scotland Yard an, und man teilte mir mit, wem der Wagen gehört. Miss Lane Leonard, 409 Berkeley Square und Sevenways Castle in Kent. 409 Berkeley Square ist übrigens ein elegantes Appartementhaus, so daß Sie ihr einen Brief schreiben können, wenn Sie wünschen, daß die junge Dame den Namen ihres Retters kennenlernen sollte.«

»Merkwürdig«, meinte Larry nachdenklich.»Erinnern Sie sich, daß wir erst vor ein paar Wochen über Lane Leonards Tresor gesprochen und uns gefragt haben, warum wohl jemand eine so teure Anlage erwirbt? – Die junge Dame ist also ein paar Millionen wert.«

»Es tut mir leid.« Mr. Reeder lächelte.»Ich habe Ihnen Ihre Romanze verdorben. Sie hätten es lieber gesehen, wenn es sich um ein armes, aber ehrliches Mädchen gehandelt hätte, dem Ihre Hilfe willkommen gewesen wäre.«

Larry wurde rot. Er wechselte das Thema.

Zum erstenmal erfuhr J. G. Reeder etwas über Larry O'Ryans Kindheit und die Umstände, die ihn zum Einbrecher hatten werden lassen.

»Ich bin froh, daß Sie mir das erzählt haben, Mr. O'Ryan. Es trägt zum Verständnis bei. Sie hätten natürlich zum Vorsteher der Schule gehen und die Wahrheit sagen sollen. Wenn Sie einmal älter sind, werden Sie mir recht geben.«

Larry nickte.

»Haben Sie den Mann, der das Geld genommen hat, seither gesehen?«

»Nein«, meinte Larry verächtlich.»Aber er sitzt sicher im Gefängnis. Nur ein minderwertiger Mensch konnte Farthingale, der selbst nicht viel besaß, Geld stehlen. Ich habe ihm übrigens letzte

Woche fünfhundert Pfund geschickt, weil seine Frau im Krankenhaus liegt.«

»Fünfhundert Pfund?« sagte Mr. Reeder. »Nun, es ist ziemlich leicht, mit dem Geld anderer Leute großzügig zu sein, aber lassen wir das.« Er trommelte mit den Fingern auf die Tischplatte. »Einmal ein Gauner, immer ein Gauner – ist das Ihre Meinung, Mr. O'Ryan? Aber bei Ihnen trifft das wirklich nicht zu. Sie glaubten im Recht zu sein, als Sie auf eigene Faust das Unrecht ausgleichen wollten. Wenn jeder so dächte wie Sie – aber –«

Das Telephon schrillte. Mr. Reeder ging zu seinem Schreibtisch, nahm den Hörer ab und lauschte. Nur von Zeit zu Zeit stellte er kurze Fragen. Als er wieder aufgelegt hatte, sagte er: »Ich fürchte, aus unserem geselligen Abend wird nichts werden, O'Ryan. Man braucht mich im Amt.«

»Am Sonntagabend?« fragte Larry.

»Allerdings«, erwiderte Mr. Reeder. Er blätterte im Telefonbuch, wählte eine Nummer und gab genaue Anweisungen.

»Wenn Sie einen Wagen bestellen, dann muß es allerdings wichtig sein«, meinte O'Ryan.

»Gewiß«, sagte Mr. Reeder. »Es handelt sich um einen Mord.«

2

An diesem Sonntagmorgen hatte ein Polizist, der am Stadtrand von London in der Nähe von Slough seine Runde machte, einen Fuß aus dem Gras ragen sehen. Dort hätte eigentlich kein Fuß sein dürfen, in diesem unebenen Feld, durch das ein längst trockengelegter Bewässerungskanal lief. Der Polizist öffnete ein Gatter, wobei ihm Reifenspuren auffielen, die auf das Feld hinausführten. Er sah auch, daß die Kette, die das Gatter mit einem Pfosten verbunden hatte, abgerissen war.

Er ging durch das feuchte Gras bis zu dem Graben. Er fand dort einen Mann. Dieser trug nur Unterwäsche und Socken, und ein Blick auf sein Gesicht genügte.

Nach einigen Minuten kam ein Polizist auf dem Fahrrad vorbei. Er wurde sofort zum Revier geschickt.

Ein Polizeiarzt kam mit dem Krankenwagen, und die Leiche wurde fortgeschafft. Kaum eine Stunde später hatte Scotland Yard die Bearbeitung des Falles übernommen.

Für die Ermittlungen gab es kaum Anhaltspunkte. An der Kleidung des Mannes waren nicht einmal Wäschereizeichen festzustellen. Die Kriminalbeamten empfanden es als merkwürdig, daß die Unterwäsche aus sehr teurer Seide hergestellt war, obwohl der Tote offensichtlich körperliche Arbeit geleistet hatte, was allein schon an seinen Händen abzulesen war.

Auch die Überprüfung der Reifenspuren führte zu keinem Ergebnis. Es hatte sich um einen großen Wagen gehandelt, und die Leiche war vermutlich zwischen zwei und vier Uhr morgens auf das Feld gebracht worden.

Mr. Reeder war sich, als ihm die Tatsachen mitgeteilt worden waren, über eines sofort im klaren. Der Besitzer des Wagens mußte genau gewußt haben, was er tat. Er schien sowohl den Bewässerungsgraben als auch das mit einer Kette verschlossene Gatter gekannt zu haben.

Das Feld gehörte einer kleinen Firma, die Bauernhöfe und Grundstücke aufkaufte – der Land Improvement Corporation, mit einem Büro in der Stadt.

Es wurde dunkel, als Mr. Reeder seine persönlichen Ermittlungen beendete.

»Und jetzt möchte ich gern den Toten sehen.«

Sie führten ihn in den Raum, wo der Ermordete lag, und der diensthabende Inspektor berichtete über die ärztlichen Feststellungen.

»Er bekam einen gewaltigen Schlag auf den Schädel. Andere Verletzungszeichen sind nicht erkennbar, aber der Arzt meint, daß der Schädelbruch sofort den Tod herbeigeführt hat. Wahrscheinlich hat eine Eisenstange oder etwas Ähnliches Verwendung gefunden.«

Mr. Reeder sagte nichts. Er verließ den Raum und wartete, bis die Tür abgesperrt worden war.

»Wenn wir ihn nur identifizieren könnten –« begann der Inspektor.

»Ich kann ihn identifizieren«, sagte Mr. Reeder ruhig. »Er heißt Buckingham und war früher Konstabler bei der Londoner Polizei.«

Zwei Stunden später studierte Mr. Reeder im Büro des Inspektors in Scotland Yard die Personalakte Buckinghams. Sie war nicht besonders erfreulich. Buckingham hatte zwölf Jahre bei der Londoner Polizei gedient. Sechsmal war er wegen disziplinlosen Verhaltens verwarnt worden, und einmal hätte man ihn beinahe entlassen. Er war häufig betrunken angetroffen worden, und hatte sich schließlich von einem Verhafteten bestechen lassen. Dann hatte er seine Entlassung beantragt, um eine Stellung in der Provinz anzutreten. Einzelheiten darüber waren nicht bekannt. Die Unterlagen enthielten lediglich seine letzte Anschrift.

Reeder fuhr selbst zum Stadtteil Southwark, wo Buckinghams Frau in einer Arbeitersiedlung wohnte. Er teilte ihr den Tod ihres Mannes mit. Sie nahm die Nachricht gelassen auf.

»Ich habe ihn schon seit drei oder vier Jahren nicht mehr gesehen«, erklärte sie. »Die einzige Unterstützung, die er mir je geschickt hat, waren fünf Pfund am letzten Weihnachtsfest, und das hätte ich auch nicht bekommen, wenn ich ihm nicht auf der Straße mit einem Mädchen begegnet wäre und Skandal gemacht hätte.«

Mr. Reeder erkundigte sich, wo ihr Mann zuletzt beschäftigt gewesen sei. Sie konnte darüber jedoch keine Auskunft geben.

»Er war mir ein sehr schlechter Mann. Er ist tot, und ich will nichts gegen ihn sagen. Aber trauern will ich nicht um ihn. Er hat mich dreimal verlassen, und einmal hat er mir sogar ein Auge blaugeschlagen. Das rechte«, fügte sie hinzu.

Mr. Reeder fragte sich, warum die Tatsache, daß es sich um das rechte Auge gehandelt hatte, größere Entrüstung verursachte, aber er stellte in dieser Richtung keine weiteren Ermittlungen an.

Die Frau konnte ihm lediglich berichten, daß ihr Mann eine Stellung in der Provinz angenommen hatte, daß er viel Geld verdiente und beim letzten Zusammentreffen elegant gekleidet gewesen sei.

»Er trug ein weißes Hemd und eine schwarze Krawatte, und er sah aus, als hätte er ein Vermögen geerbt. Sonst hätte ich ihn nicht um Geld gebeten.«

Soviel ihr bekannt war, hatte er keine Freunde.

»Sie wissen auch nicht, in welcher Gegend des Landes er gearbeitet hat? Haben Sie eine Ahnung, von welchem Bahnhof er kam?« fragte Mr. Reeder.

Sie überlegte eine Weile. »Ja, vom Bahnhof Charing Cross. Mein Bruder hat ihn vor zwei Jahren dort getroffen.«

Mr. Reeder kehrte zum Yard zurück, um mit den anderen Beamten zu sprechen. Er erfuhr, daß man auch dort nicht weitergekommen war. Es gab noch eine Frau in London, die ihm weiterhelfen konnte: die ›intellektuelle‹ Dame mit dem blassen Gesicht, mit ihrer Vorliebe für klassische Musik und scharfe Getränke.

Am nächsten Morgen ging er zum Konzertsaal und erkundigte sich bei dem Saaldiener. Er hatte Glück. Die junge Dame war bekannt. Sie hieß Miss Letzfeld und war dem Saaldiener vor allem deswegen im Gedächtnis geblieben, weil sie einmal einen Beschwerdebrief an die Direktion gerichtet hatte. Der Brief wurde gefunden und damit auch die Anschrift: Breddleston Mews in der Nähe des Cavendish Square.

Mr. Reeder fuhr sofort dorthin. Nachdem er mehrmals an die Tür geklopft hatte, hörte er Schritte auf der Treppe. Das junge Mädchen, blasser noch als sonst, öffnete.

Zu seiner Überraschung erkannte sie ihn.

»Sie heißen Reeder, nicht wahr? Hat Billy Sie mir nicht vorgestellt – in der Queens Hall? Sie sind Detektiv, nicht wahr?« Sie sah ihn scharf an. »Ist irgend etwas passiert?«

»Kann ich 'raufkommen?« fragte er.

Sie stieg vor ihm die schmale, steile Treppe hinauf.

Das Zimmer, in das sie ihn führte, war mit teuren Möbeln angefüllt, denen aber der Mangel an Pflege anzumerken war. Auf einem Tisch standen die Reste einer Mahlzeit. Auf einem Stuhl lag Unterwäsche, die sie schnell entfernte.

»Ich möchte Ihnen gleich sagen, Mr. Reeder«, erklärte sie, »daß ich überhaupt nichts weiß, wenn etwas passiert sein sollte. Billy war sehr nett zu mir, aber er geht einem auf die Nerven. Ich weiß nicht, woher er sein Geld hat, und ich habe ihn auch nie gefragt.«

Mr. Reeder hatte die unangenehme Pflicht, ihr von dem Schicksal Buckinghams zu berichten. Wieder mußte er feststellen, daß die Wirkung ausblieb. Sie war schockiert, aber persönlich nicht berührt.

»Das ist furchtbar, nicht wahr?« sagte sie atemlos. »Billy war ein netter Kerl, wenn auch nicht besonders intelligent. Ich habe ihn nur von Zeit zu Zeit getroffen, alle vierzehn Tage einmal, gelegentlich auch wöchentlich.«

»Wo stammt er her?« fragte Reeder.

Sie schüttelte den Kopf. »Ich weiß nicht. Er hat mir nie etwas erzählt. Er hat in der Provinz für einen sehr reichen Mann gearbeitet. Ich weiß nicht einmal, wo das war.«

»Hatte er viel Geld?«

»Billy? Ja, er hatte immer genug Geld und konnte sich ein angenehmes Leben leisten. Irgendwo in der Stadt besaß er ein Büro. Anscheinend hatte er etwas mit Grundstücken zu tun. Das hat er mir zwar auch nicht selbst erzählt, aber ich sah ein Telegramm, das er hier liegenließ. Es war an eine Sowieso-Land-Corporation gerichtet –«

»Die Land Development Corporation?« fragte Mr. Reeder schnell. »Können Sie sich an die Anschrift erinnern?«

Sie war ihrer Sache nicht sicher, glaubte aber, das Büro müsse irgendwo in der City sein.

Von Buckinghams persönlicher Habe befand sich nichts in der Wohnung, außer einer vor etwa einem Jahr aufgenommenen Photographie. Mr. Reeder nahm das Bild mit und fuhr in die City. Die Land Development Corporation hatte ihr Büro in einem der großen Geschäftshäuser in der Nähe des Mansion House. Es bestand aus drei Zimmern, in denen ein Angestellter und eine Stenotypistin arbeiteten, und einem kleinen, einfach eingerichteten Raum, den der Geschäftsführer bei seinen nur gelegentlichen Besuchen benützte.

Eine Stunde lang stellte Mr. Reeder Fragen an die beiden Angestellten, und als er nach Scotland Yard zurückkam, standen so viele Tatsachen zu seiner Verfügung, die sich teils widersprachen, teils überhaupt nicht miteinander vereinbar waren, daß er Schwierigkeiten hatte, ein vernünftiges Bild zu gewinnen.

Er verfaßte folgenden knappen Bericht:

›In Sachen William Buckingham.

Ermittlungen bei der Land Development Corporation. Die genannte Firma wurde vor zwei Jahren handelsgerichtlich eingetragen. Sie weist ein Kapital von tausend Pfund und Obligationen im Wert von dreihunderttausend Pfund auf. Als Direktoren fungieren der Angestellte, die Stenotypistin und ein William Buck, bei dem es sich sehr wahrscheinlich um William Buckingham handelt. Das Bankguthaben beträgt dreizehnhundert Pfund. Die Firma besitzt eine große Anzahl von Grundstücken in Südengland, die offensichtlich in der Absicht erworben wurden, Siedlungen zu bauen. Eine beträchtliche Anzahl der Grundstücke wurde weiterverkauft. Mr. Buck war unzweifelhaft Buckingham. Er kam sehr selten ins Büro und unterzeichnete dort nur Schecks. Erhebliche Beträge wurden auf die Bank einbezahlt und wieder abgehoben. Eine oberflächliche Überprüfung der Unterlagen ließ erkennen, daß es sich um echte Geschäftsvorgänge handelte. Eine genauere, allerdings auch nicht vollständige Überprüfung ergibt beträchtliche Lücken in der Buchführung. Das Feld, in der die Leiche Buckinghams aufgefunden wurde, gehört ebenfalls der Firma, und Buckingham muß die dortige Gegend sehr gut gekannt haben, obwohl bemerkenswert ist, daß er sich dort kürzlich zweimal während der Nacht aufgehalten hat...‹

*

Am nächsten Morgen erschien das Bild Buckinghams in allen Londoner Zeitungen. Bis zum Nachmittag rührte sich nichts.

Mr. Reeder saß in seinem Büro und studierte Akten über Kokainschmuggel, als der Bote eine Visitenkarte hereinbrachte. ›Major Digby Olbude‹ stand darauf und in der linken unteren Ecke ›Lane Leonard Vermögensverwaltung, Sevenways Castle, Kent‹.

Mr. Reeder lehnte sich in seinen Sessel zurück, fingerte an seinem Pincenez herum und las die Karte noch einmal.

»Bitten Sie Major Olbude herauf«, sagte er.

Major Olbude war groß und weißhaarig. Er sah blühend aus und sprach ein wenig geziert.

»Ich bin wegen eines gewissen Buckingham zu Ihnen gekommen. Sie leiten doch die Ermittlungen?«

Mr. Reeder neigte den Kopf. Er dachte gar nicht daran, diesen interessanten Besucher an den eigentlich zuständigen Kriminalbeamten weiterzuleiten.

»Wollen Sie nicht Platz nehmen, Major Olbude?«

Er stand auf und zog einen Stuhl für seinen Besucher heran; Major Olbude schob zur Schonung seiner Bügelfalten die Hosenbeine etwas hoch und setzte sich.

»Ich habe das Bild in der Morgenzeitung gesehen – das heißt, meine Nichte machte mich darauf aufmerksam –, und ich fuhr sofort hierher, weil ich es für meine und überhaupt die Pflicht eines jeden guten Staatsbürgers halte, die Polizei bei ihrer Arbeit zu unterstützen.«

»Sehr erfreulich«, murmelte Mr. Reeder.

»Buckingham stand in meinen Diensten. Er war einer der Wächter der Schatzkammer von Sevenway Castle, wie die Bezeichnung im Volksmund lautet.«

Wieder nickte Mr. Reeder, als sei ihm das alles genau bekannt.

»Wie ich schon sagte, liest meine Nichte die Zeitungen. Eine Angewohnheit, zu der ich mich nicht entschließen kann, weil in diesem Zeitalter der Sensationen die Presse einem geistig interessierten Menschen nichts zu bieten hat. Buckingham war bei dem verstorbenen Mr. Lane Leonard angestellt gewesen, und nach Mr. Lane Leonards Ableben nahm ich als Mr. Lane Leonards Schwager und alleiniger Vermögensverwalter den Mann in meine Dienste. Ich darf vielleicht noch erwähnen, daß Mr. Lane Leonard, wie allgemein bekannt ist, ganz plötzlich an einem Herzinfarkt starb und ein beträchtliches Vermögen hinterließ, das zu achtzig Prozent aus Barren bestand.«

»Aus Gold?« fragte Mr. Reeder überrascht.

Major Olbude neigte den Kopf. »Mein Schwager war in dieser Hinsicht sehr sonderbar. Er hat sein Vermögen durch Spekulation erworben und befürchtet nun, daß es seinen Nachkömmlingen – unglücklicherweise hat er nur eine Tochter – auf dieselbe Weise unter den Händen zerrinnen würde. Außerdem setzte er kein Vertrauen in Wertpapiere. Er mißtraute allen Banken, und daraus ergab sich, daß er zu seinen Lebzeiten Gold im Wert von über eineinhalb Millionen Pfund erwarb. Die Barren wurden und werden noch in einer Kammer aufbewahrt, die er eigens innerhalb der Schloßmauern errichten ließ. Zur Bewachung stellte er eine Mannschaft von ehemaligen Polizisten an, die abwechselnd Tag und Nacht Dienst tun. Ich brauche Ihnen wohl nicht zu erklären, Mr. Reeder, daß mein Schwager auf diese Weise seine Tochter um ein ganz beträchtliches Einkommen brachte, da fünf Prozent Zinsen von eineinhalb Millionen Pfund pro Jahr fünfundsiebzigtausend Pfund ausmachen. In zehn Jahren ergibt sich ein Betrag von einer dreiviertel Million, so daß mein Mündel auf Grund der Bestimmungen des Testaments nahezu vierhunderttausend Pfund verliert. Der gleiche Betrag entgeht praktisch dem Staat.«

»Äußerst bedauerlich«, meinte Reeder und schüttelte trauernd den Kopf, als erschüttere ihn der Gedanke an das leer ausgegangene Finanzamt aufs tiefste.

»Ein weiteres Kapital ist in hochwertigen Regierungspapieren angelegt«, fuhr Major Olbude fort, »von deren Ertrag meine Nichte und ich leben. Selbstverständlich macht mir die Aufsicht über ein derart großes Vermögen ständig schwere Sorgen – vor zwei Jahren bestellte ich deswegen einen völlig neuen Tresor, dessen Bau mit großen Kosten verbunden war.« Er machte eine Pause.

»Und Buckingham?« erkundigte sich Mr. Reeder sanft.

»Darauf komme ich noch zu sprechen«, erklärte der Major würdevoll. »Er war einer der angestellten Wächter. Insgesamt sind es sieben. Jeder hat eine eigene Wohnung, und nach den von mir erlassenen Richtlinien sollen diese Männer nur dann zusammentreffen, wenn sie sich ablösen. In der Praxis betätigt die diensthabende Wache eine Klingel in der Wohnung des Ablösenden, der sofort die Schatzkammer aufsucht und nach Überprüfung seiner Person eingelassen wird. Buckingham hätte Samstagnacht um sechs Uhr seinen Dienst antreten sollen. Der diensttuende Wächter läutete wie gewöhnlich, aber Buckingham erschien nicht. Nach einer Stunde setzte sich der Wächter telefonisch mit mir in Verbindung – zwischen meinem Arbeitszimmer und der Schatzkammer wurde eine Telefonleitung gelegt –, und ich machte mich sofort auf die Suche nach Buckingham. Sein Zimmer war leer, und ich beauftragte einen Ersatzmann, seinen Platz einzunehmen.«

»Seitdem haben Sie Buckingham nicht mehr gesehen?«

Major Olbude schüttelte den Kopf. »Nein, Sir. Weder gesehen noch etwas von ihm gehört.«

»Welches Gehalt erhielt Buckingham?«

»Zehn Pfund pro Woche sowie freie Station. Alle Wächter wurden durch die Schloßküche versorgt.«

»Hatte er Vermögen?«

»Keineswegs«, erklärte der andere nachdrücklich.

»Würde es Sie überraschen, wenn ich Ihnen sage, daß er in großem Umfang mit Grundstücken spekuliert hatte?« fragte Mr. Reeder.

Major Olbude erhob sich. »Ich wäre überrascht und entsetzt«, meinte er.

»Gibt es eine Möglichkeit, daß er Zugang zu der – äh – Schatzkammer selbst erlangen konnte?«

»Nein, Sir«, sagte Olbude, »auf gar keinen Fall. Der einzige Zugang führte durch die Tür, zu der ich den Schlüssel besitze. Die Wände bestellen aus vierzig Zentimeter dickem Beton, der mit Stahlplatten verkleidet ist. Die Schlösser sind diebessicher.«

»Und das Fundament?« meinte Mr. Reeder.

»Zweieinhalb Meter massiver Beton. Völlig ausgeschlossen.«

Mr. Reeder rieb sein Kinn und starrte auf den Schreibtisch.

»Betreten Sie die – äh – Schatzkammer oft?«

»Jawohl, Sir, am Ersten jedes Monats. Mit anderen Worten, am letzten Freitag befand ich mich in der Schatzkammer.«

»Und nichts war verändert worden?«

»Nichts«, sagte Olbude nachdrücklich.

»Ich nehme an, daß sich die Barren in Stahlkästen befinden?«

»In großen Glasbehältern. Das war einer von Mr. Lane Leonards exzentrischen Einfällen. Es sind etwa sechshundert Stück, von denen jeder Gold im Werte von fünfundzwanzigtausend Pfund enthält. Man kann auf einen Blick erkennen, ob sich jemand daran zu schaffen gemacht hat. Die Behälter sind hermetisch verschlossen und versiegelt. Sie stehen auf verstärkten Betonregalen in acht Reihen nebeneinander, und zwar an drei Seiten der Schatzkammer.

In jeder Reihe befinden sich fünfundsiebzig Behälter. Ich muß noch hinzufügen, daß die Schatzkammer aus zwei Gebäuden besteht: der inneren Kammer, in der das Gold aufbewahrt wird, und einem zweiten, davon getrennten Gebäude. Das äußere Bauwerk enthält eine kleine Wohnküche, mit Tischen, Stühlen und den nötigen Bequemlichkeiten für die Wache. Daran schließt sich ein Vorraum, der ebenfalls durch eine Stahltür abgeschlossen ist. Davor befindet sich ein Eisengitter, über dem ein Scheinwerfer angebracht ist, der dem diensthabenden Wächter gestattet, seine Ablösung genau zu überprüfen und sicherzustellen, daß es sich dabei um den Richtigen handelt.«

»Erstaunlich«, sagte Mr. Reeder.»Können Sie mir sonst noch etwas über Buckingham sagen?«

Mr. Olbude zögerte.»Nein, außer, daß er häufiger nach London fuhr als die anderen Wächter. Dafür trage allerdings ich die Verantwortung. Ich ließ ihm größere Freiheit, weil er der dienstälteste Wächter war.«

»Erstaunlich«, wiederholte Mr. Reeder.»Ich möchte gern nach – äh – Sevenways Castle fahren und mir die Wohnung Buckinghams ansehen«, meinte er.»Es wird auch nötig sein, seine Habe zu durchsuchen. Hatte er Freunde?«

Olbude nickte.»Ja, ich glaube ein Mädchen in London. Ich kenne es nicht. Um Ihnen die Wahrheit zu sagen, Mr. Reeder, ich glaube, daß er verheiratet war, obwohl er nie von seiner Frau sprach. Aber was meinten Sie vorhin, als Sie von seinem Vermögen sprachen? Das ist mir völlig neu.«

*

J. G. Reeder kratzte sich am Kinn und zögerte.»Ich bin mir nicht ganz sicher, ob ich zu der Feststellung berechtigt bin, daß er eine Grundstücksfirma leitete, aber nachdem seine Angestellten ihn nach der Photographie identifiziert haben –«

Er erzählte von der Land Development Corporation, und Major Olbude, der gespannt zugehört hatte, sagte schließlich:»Dann wurde er also auf einem seiner eigenen Grundstücke gefunden? Merkwürdig. – Ich fürchte, daß ich Ihnen nicht weiter behilflich sein kann«, sagte er, als er Hut und Stock nahm,»aber ich stehe Ihnen natürlich jederzeit zur Verfügung, wenn Sie Fragen zu stellen haben. Ich notiere meine Telefonnummer auf die Visitenkarte, und Sie können mich jederzeit anrufen.«

Er nahm einen Bleistift und schrieb ein paar Zahlen auf seine Karte, während Mr. Reeder ihn interessiert beobachtete.

Er begleitete seinen Gast die Treppe hinunter und kam gerade rechtzeitig, um Zeuge eines merkwürdigen Vorfalls zu werden. Am Randstein war ein Rolls Royce geparkt, daneben standen drei Personen. Das Mädchen erkannte er sofort. Larry drehte ihm zwar den Rücken zu, aber es fiel Mr. Reeder nicht schwer, ihn zu identifizieren. Die dritte Person war offensichtlich der Chauffeur, der den Wagen steuerte. Sein Gesicht war gerötet und er fuchtelte wild mit den Händen herum. Mr. Reeder hörte ihn sagen:»Sie haben kein Recht, die junge Dame anzusprechen, und wenn Sie etwas zu sagen haben, dann bitte in Englisch, damit ich Sie verstehen kann.«

Major Olbude beschleunigte seine Schritte, trat zu der Gruppe und herrschte den Chauffeur an:»Warum machen Sie eine Szene?«

Larry O'Ryan hatte sich entfernt, was Mr. Reeder überraschte, weil Larry aus unangenehmen Situationen niemals den Rückzug antrat.

Mr. Reeder folgte Major Olbude, dem nichts anderes übrigblieb, als ihn vorzustellen.»Das ist meine Nichte, Miss Lane Leonard«, meinte er.

Selbst Mr. Reeder mußte zugeben, daß sie außergewöhnlich schön war.

Auffallend war die Blässe ihres Gesichts.»Was ist denn los, meine Liebe?«fragte der Major.

»Ich habe einen Bekannten getroffen – den Mann, der mich vor einem Unfall bewahrt hat«, erklärte sie stockend.»Ich habe mit ihm französisch gesprochen.«

»Er kann recht gut Englisch«, knurrte der unsympathisch wirkende Chauffeur.

»Halten Sie den Mund! – War das alles, meine Liebe?«

Sie nickte.

»Du hast dich doch wohl bedankt? Ich erinnere mich, daß du sagtest, bisher nicht die Gelegenheit zum Dank gefunden zu haben. Er ging weg, bevor du etwas sagen konntest. Und der Vorfall ereignete sich in Whitehall?«

»Ja«, erwiderte sie.

Mr. Reeder spürte, daß sie ihn durchdringend ansah. Er bemerkte auch, daß ihre behandschuhte Hand zitterte.

Major Olbude drehte sich um und schüttelte ihm die Hand. »Wir werden uns ja sicher wiedersehen, Mr. Reeder«, sagte er.

Er wandte sich abrupt um, half dem Mädchen in den Fond, und der Wagen fuhr davon. Reeder sah sich nach Larry um, bemerkte ihn in einem Hausgang, mit dem Rücken zur Straße.

Als der Wagen verschwunden war, kam Larry auf ihn zu.

»Entschuldigung«, sagte er, »aber ich wollte mit Ihnen sprechen.«

Seine Augen blitzten und er schien erregt zu sein.

»Sie haben die junge Dame kennengelernt?«

»Ja. Sehr interessant, nicht wahr?«

»Warum haben Sie sich nicht gleich dem Onkel vorstellen lassen?«

»Ziemlich peinlich – er sieht übrigens recht gut aus. Vielleicht schlug mir das Gewissen. Dieser Chauffeur ...« Er lächelte nicht. »Ich frage mich, ob er im Krieg gewesen ist? Sicher nicht. Er ist noch nie so knapp davongekommen wie heute. Hatten Sie schon einmal den Wunsch, jemanden umzubringen?«

»Warum haben Sie französisch gesprochen?«

»Das ist meine Lieblingssprache«, erwiderte Larry schnell. »Außerdem sieht sie aus wie eine Pariserin.«

Mr. Reeder sah ihn fragend an. »Warum tun Sie so geheimnisvoll?« fragte er.

»Tu ich das?« Larry lachte. »Ich möchte wissen, ob er's getan hat.«

»Ob er was getan hat?« fragte Mr. Reeder, aber Larry stellte eine neue Frage.

»Werden Sie eigentlich hinfahren? Hatte er übrigens diesen Buckingham bei sich angestellt?«

»Was wissen Sie über Buckingham?« fragte Mr. Reeder langsam.

»Es steht heute morgen alles in der Zeitung.«

»Kennen Sie ihn denn?«

Larry schüttelte den Kopf. »Nein. Ich habe sein Bild gesehen – ein Durchschnittsgesicht. Ist das Leben nicht großartig, Mr. Reeder?«

Es begann zu regnen. Mr. Reeder wurde sich der Tatsache bewußt, daß er barhäuptig war.

»Kommen Sie mit in mein Büro«, sagte er. »Ich will das Risiko eingehen, von meinen Vorgesetzten – äh – gerügt zu werden.«

Larry zögerte.

*

»Na gut«, sagte er schließlich und stieg hinter Mr. Reeder die Treppe hinauf.

J. G. Reeder schloß die Tür und deutete auf einen Stuhl.

»Warum die Aufregung?« fragte er. »Was ist los?«

Larry lehnte sich in seinen Stuhl zurück und verschränkte die Arme. »Ich habe das Gefühl, daß ich ein ausgemachter Trottel bin, weil ich Sie nicht völlig ins Vertrauen ziehe, aber das gibt ein Abenteuer, Mr. Reeder, das großartigste Abenteuer, das man sich denken kann. Ich möchte Sie nur eines fragen: Trug der Major eine Brille, als er auf die Straße herauskam?«

Mr. Reeder nickte. »Ich kann mich nicht erinnern, daß er sie abgenommen hatte.«

Larry runzelte die Stirn und biß sich auf die Unterlippe. »Ich werde Ihnen etwas sagen. Erinnern Sie sich, daß ich die junge Dame vor dem Auto in Sicherheit brachte? Es war unmittelbar unten vor diesem Büro, nicht wahr? Sie hatte eben ihr eigenes Auto verlassen und wollte – nun, wohin wollte sie wohl gehen? Hierher, zu Ihnen. Das hat sie mir zwar nicht gesagt, aber ich bin felsenfest davon überzeugt. Und der Chauffeur war hinter ihr her. Damals begriff ich es nicht ganz, aber jetzt ist es mir völlig klar. Am Tag vor diesem Ereignis war in der Zeitung ein Artikel über Sie erschienen – entsinnen Sie sich?«

Mr. Reeder wurde rot. »Das war eine ziemlich dumme äh – schlecht informierte – äh –«

39

»Genau. Der Artikel war ziemlich schmeichelhaft. Aber ich begriff natürlich, daß die junge Dame deswegen zu Ihnen wollte. Dieser irregeleitete und schlecht informierte Artikelverfasser behauptete, Sie seien der größte Detektiv unserer Zeit oder so etwas Ähnliches. Wahrscheinlich stimmt es nicht, obwohl ich Ihnen natürlich sehr zu Dank verpflichtet bin. Die junge Dame hatte den Artikel gelesen, herausgefunden, wo sich Ihr Büro befindet, und – jedenfalls möchte sie mit Ihnen sprechen. Das hat sie gesagt.«

»Sie will mich sprechen?« sagte Mr. Reeder ungläubig.

Larry nickte. »Ist es nicht erstaunlich? Ich habe kaum eine Minute mit ihr gesprochen, und schon bedeutet sie mir alles.« Er stand auf und begann aufgeregt im Zimmer hin und her zu gehen. »Mir, Mr. Reeder, einem Gauner, einem Einbrecher, einem Mann, der absichtlich den Unterschied zwischen Dein und Mein beseitigt hat! Aber sie ist eineinhalb Millionen Pfund wert und völlig unerreichbar. Ich könnte sie niemals bitten, meine Frau zu werden. Aber wenn sie von mir verlangen würde, ich sollte von der Westminster Bridge aus in die Themse springen, würde ich es tun!«

Mr. Reeder starrte ihn an. »Das klingt ja beinahe, als hätten Sie die junge Dame sehr gern«, sagte er.

»Beinahe«, sagte Larry wild.

Er blieb plötzlich stehen und deutete mit dem Finger auf Mr. Reeder. »Ich werde nicht von der Westminster Bridge aus hineinspringen, ich werde etwas viel, viel Besseres tun, und wenn es mir gelingt, ist es der entscheidende Schritt meines Lebens.«

»Wenn Sie sich vielleicht hinsetzen wollten«, meinte Mr. Reeder milde, »und etwas weniger geheimnisvoll tun würden, könnte ich Ihnen vielleicht helfen.«

Larry schüttelte den Kopf. »Nein. Ich muß mir selbst helfen. Wann fahren Sie zum Sevenways Castle?«

»Sie hat Ihnen gesagt, daß sie dort wohnt, nicht wahr?« fragte Mr. Reeder.

»Wann fahren Sie?«

J. G. zögerte. »Morgen – wahrscheinlich morgen nachmittag.«

Er überlegte einen Augenblick, dann meinte er: »Sie kennen Buckingham nicht?«

»Nein«, sagte Larry. »Ich habe ihn natürlich als den Kerl erkannt, der sich in der Queen's Hall an Sie heranmachte. Ein seltsames Zusammentreffen, nicht wahr?«

Er ging zur Tür und öffnete sie. »Ich gehe jetzt, Mr. Reeder, wenn Sie mich entschuldigen. Vielleicht besuche ich Sie heute abend. Haben Sie übrigens mit dem amerikanischen Aktienmarkt zu tun?«

»Ich spekuliere nie«, erklärte Reeder spröde. »Ich glaube nicht, daß ich in meinem Leben jemals irgendein Wertpapier gekauft habe, und ich werde es auch in Zukunft nicht tun. Allerdings lese ich die Zeitung, aus der sich ersehen läßt, daß die Preise sinken.«

»Und wie!« sagte Larry rätselhaft.

Das alles war ein bißchen verwirrend. Sein Hinweis auf den Aktienmarkt interessierte Mr. Reeder so sehr, daß er am Abend die Börsennotierungen studierte. In der Wallstreet sanken die Preise; es gab Panikverkäufe und Voraussagen über einen völligen Zusammenbruch. Mr. Reeder konnte nur darüber staunen, daß Larry in seiner Leidenschaft an derart nüchterne Dinge dachte.

Am Nachmittag hatte Mr. Reeder sehr viel zu tun. Nachforschungen bei gewissen Banken, die Lektüre von Berichten und so weiter. Es war beinahe neun Uhr, bevor er nach Hause kam, und er war so müde, daß er eingeschlafen war, bevor er sich die Decke richtig über die Schultern gezogen hatte.

3

Pamela Lane Leonard fuhr an jenem Morgen nachdenklich und ein wenig verängstigt nach Kent zurück. »Warum läßt du zu, daß Lidgett so mit dir spricht, Onkel Digby?« fragte sie.

Major Digby Olbude blinzelte und warf ihr dann einen Blick zu. »Daß er wie mit mir spricht, meine Liebe?« meinte er gereizt. »Lidgett ist ein alter Freund der Familie und hat als solcher gewisse Vorrechte.«

»Hast du Mr. Reeder von der Auseinandersetzung zwischen ihm und Buckingham erzählt?«

Olbude schwieg längere Zeit.

»Von einer Auseinandersetzung weiß ich nichts«, erklärte er schließlich, »und keinesfalls hätte ich Mr. Reeder davon unterrichtet – woher kennst du Mr. Reeder übrigens?«

Sie schüttelte den Kopf. »Ich kenne ihn nicht persönlich. Ich habe nur viel über ihn gelesen – er soll sehr klug sein.«

Nach einer Pause meinte sie: »Warum erlaubst du Lidgett, daß er so grob mit dir umspringt und mich anfaucht, als wäre ich – nun, ein Dienstmädchen?«

Der Major atmete tief ein.

»Du irrst dich, Pamela. Lidgett mag ja ein bißchen ungebildet sein, aber seine Dienste sind unschätzbar. Ich werde trotzdem mit ihm sprechen.« Er schwieg längere Zeit. Schließlich fragte er: »Wann haben sie gestritten – Buckingham und Lidgett?«

»Ich habe sie eines Tages im Wald beobachtet. Buckingham schlug ihn nieder. Es war schrecklich.«

Olbude fuhr sich mit den Fingern durch das weiße Haar.

»Das ist alles sehr schwierig«, meinte er seufzend. »Dein Vater hat ausdrücklich bestimmt, daß Lidgett unter keinen Umständen entlassen werden dürfe. Bevor du fünfundzwanzig bist, kannst du leider gar nichts unternehmen, meine Liebe.«

Unvermittelt fragte er:»Was hast du zu dem jungen Mann gesagt?«

Dieselbe Frage hatte er erst vor wenigen Minuten gestellt.

»Ich hab's dir doch schon erzählt«, erwiderte sie kurz.»Er hat mich vor einem Unfall bewahrt, und ich dankte ihm.«

Das entsprach zwar nicht der Wahrheit, aber Pamela fühlte, daß ihr Gewissen unbelastet war.

Sie wollte ihrem Onkel etwas sagen, brachte es aber nicht fertig, das Unglaubliche in Worte zu kleiden. Die Tatsache, daß der Mann, den sie haßte und fürchtete, nur durch eine massive Glasscheibe von ihr getrennt am Steuer des Wagens saß, genügte, um sie zum Schweigen zu veranlassen. Sie hätte vielleicht überhaupt nicht mehr davon gesprochen, wenn nicht ihr Onkel zu diesem Thema zurückgekehrt wäre.

»Lidgett ist eben ungeschliffen. Man muß das mit seiner Treue verrechnen, Pamela. Er ist der Familie sehr ergeben –«

»Na, hör mal!« sagte sie erbost.»Weißt du denn überhaupt, daß er mir einen Heiratsantrag gemacht hat?«

Olbude starrte sie entgeistert an.

»Einen Heiratsantrag?« fragte er ungläubig.»Das hat er wirklich gewagt? Ich hab' ihm doch ausdrücklich erklärt, daß er unter keinen Umständen –«

»Er hat es vorher mit dir besprochen?« sagte sie entsetzt.»Und du hast ihn überhaupt angehört? Das darf doch nicht wahr sein! Ich hätte nie gedacht, daß du von der Sache weißt! Hast du denn nicht – Onkel, was hast du getan?«

Er rutschte unruhig hin und her und wich ihrem Blick aus.

»Er ist ein ungeschliffenes Juwel«, erklärte er leise.»Lidgett hat viele gute Seiten. Natürlich mangelt es ihm an Bildung, und außerdem ist er zwanzig Jahre älter als du, aber man darf seine Qualitäten nicht übersehen.«

Sie lehnte sich sprachlos in ihre Ecke und sah ihn fassungslos an. Er mußte angenommen haben, daß das Loblied auf Lidgett sie beeindruckte, da er fortfuhr:»Lidgett war Zeit seines Lebens sehr sparsam. Dank der Großzügigkeit deines Stiefvaters halte ich ihn sogar für sehr reich. Und der Altersunterschied ist in Wirklichkeit gar nicht entscheidend.« Plötzlich schien ihm ein Einfall zu kommen, denn er erkundigte sich schnell:»Du hast doch O'Ryan nichts davon erzählt?«

»O'Ryan?« wiederholte sie.»Kennst du ihn denn?«

»Du bist anscheinend ganz gut informiert«, erwiderte er schnell. »Hat er dir in dem kurzen Augenblick seinen Namen genannt?« Sie nickte.»Ja, das hat er getan. Wo bist du ihm begegnet?« Er wich der Frage aus.»Das gehört nicht hierher. Ich glaube nicht, daß er mich kennt. Er war fast noch ein Kind, als ich ihn zum letztenmal sah, und damals trug ich einen Schnurrbart – er hat doch nicht etwa gesagt, daß er mich kennt?« fragte er besorgt.

Sie schüttelte den Kopf.»Nein, wir haben nicht über dich gesprochen.«

»Worüber denn?« erkundigte er sich.

Sie zögerte.»Das ist für dich nicht von Interesse«, sagte sie.

*

Als sie angekommen waren, ging sie sofort auf ihr Zimmer und begann einen Brief zu schreiben. Wahrscheinlich würde es diesem Schreiben genauso ergehen wie ihren übrigen Briefen. Die Dienerschaft in Sevenways Castle wurde von Lidgett beherrscht, und Pamela wußte aus Erfahrung, daß jeder ihrer Briefe durch seine Hände ging.

Seit sie von der Schule zurückgekommen war, hatte sich Lidgett als Herr und Meister aufgespielt, während ihr Onkel kaum etwas zu sagen hatte. Lidgett stellte Personal ein, Lidgett entließ die Leute wieder, ohne sich mit seinem Arbeitgeber zu besprechen; Lidgett nahm den Wagen, wenn er ihn brauchte, fuhr zu seinem Vergnügen nach London, ließ sogar bauliche Veränderungen durchführen, ohne irgend jemanden zu Rate zu ziehen.

Er war eines Nachmittags im Wohnzimmer erschienen und hatte ohne lange Vorrede um ihre Hand angehalten.

»Wahrscheinlich werden Sie beleidigt sein, Miss Pamela, weil Sie mich für einen sehr gewöhnlichen Menschen halten. Ich habe ein bißchen was gespart und möchte heiraten. Ich bin verliebt in Sie.«

»In mich?« Sie war zu verblüfft, um Ärger empfinden zu können.

»Genau«, erklärte er kühl. »Ich habe mit dem Major noch nicht darüber gesprochen, aber er wird kaum etwas einzuwenden haben. Es kommt häufig genug vor, daß Damen ihre Chauffeure heiraten, und ich werde Ihnen mindestens ein ebenso guter Ehemann sein wie diese eingebildeten Strohköpfe, die Ihnen vielleicht noch vorgestellt werden.«

Sie war so fassungslos gewesen, daß es ihr nicht einmal gelang, ihm die richtige Abfuhr zu erteilen.

Und jetzt wußte sie vor Verzweiflung nicht aus noch ein. Lidgett machte keinerlei Anstrengung, seine beherrschende Stellung zu verbergen. Er hatte es sogar in Anwesenheit Larrys gewagt, sie anzubrüllen, und während sie den Brief schrieb, klopfte es an ihre Tür. Sie hörte seine verhaßte Stimme, legte den Brief hastig unter das Löschpapier, drehte den Türschlüssel um und öffnete.

»Was hat dieser Kerl auf französisch zu Ihnen gesagt?« fragte er.

Sie hatte sich jetzt völlig in der Gewalt.

»Was er gesagt hat, ist unwichtig, Lidgett«, erwiderte sie kühl. »Aber ich hatte ihm etwas Entscheidendes mitzuteilen. Ich sagte ihm, daß ich praktisch als Gefangene hier im Haus gehalten werde, daß Sie hier den Herrn spielen und mich sogar gebeten haben, Ihre Frau zu werden. Ich sagte ihm, daß ich mich fürchte, und bat ihn, sich mit der Polizei in Verbindung zu setzen.«

Sein Gesicht wurde rot und dann leichenblaß.

»So, das haben Sie getan, wie?« Seine Stimme klang schrill. »Sie haben also Lügen über mich erzählt!«

»An dem Tag, als ich knapp einem Unfall entkam«, fuhr sie fort, »war ich auf dem Weg zu Mr. Reeder, dem Detektiv. Ich lasse mich von Ihnen nicht wie ein Dienstmädchen behandeln. Hier im Hause stimmt etwas nicht, und ich werde schon herausfinden, was los ist. Major Olbude hat überhaupt nichts zu sagen; Sie kommandieren ihn genauso herum wie mich, und dafür muß es einen Grund geben. Mr. O'Ryan wird ihn schon finden.«

»Wird er das? Sie wissen doch, was er ist, nehme ich an? Ein Verbrecher – er stand wegen Einbruchs vor Gericht. Solche Freunde suchen Sie sich aus!« rief er keuchend. »Nun, wir werden schon sehen!«

Er drehte sich auf dem Absatz um und verließ das Zimmer. Sie schloß hinter ihm die Tür ab. Zum erstenmal wagte sie zu hoffen. Wer wußte, was die Nacht bringen würde? Denn sie hatte Larry O'Ryan auch noch etwas anderes erzählt, was Lidgett nicht wußte.

*

Mr. Reeder schlief fest und traumlos, wie jede Nacht. Er war kurz nach zehn Uhr zu Bett gegangen. Gegen vier Uhr morgens stand er auf, setzte Wasser für den Tee auf den Herd und ließ sein Bad einlaufen.

Um halb fünf arbeitete er bereits an seinem Schreibtisch.

Er besaß eine erstklassige Bibliothek, deren Bände über alle menschlichen Schwächen und Eigenheiten berichteten. Er nahm einen Band heraus und blätterte darin herum. Ja, es gab genug Parallelfälle für die Hortung von Geldschätzen. Der Fall Schneider, der Fall van der Hyn, der polnische Baron Poduski, der Bankier Lamonte und der exzentrische amerikanische Millionär Mr. John G. Grundewald – sie alle hatten Gold in riesigen Mengen aufgehäuft. Zwei von ihnen fügten ihren Testamenten ähnliche Bestimmungen ein wie Mr. Lane Leonard.

Mr. Reeder versuchte, Buckinghams Leben als Geschäftsmann zu rekonstruieren. Er hatte neben anderen einen gewaltigen Schatz bewacht. Man konnte nicht nachweisen, daß er Gelegenheit zum Stehlen gehabt hätte, aber trotzdem war es ihm auf irgendeine Art gelungen, große Summen in seinen Besitz zu bringen, und diese Beträge wurden in Gold auf die Bank einbezahlt. Die Entdeckung war Reeder am vergangenen Nachmittag gelungen. Bis zu fünfzig- und sechzigtausend Pfund waren in Gold auf das Konto der Land Development Company einbezahlt worden, so viel, daß man die Firma gebeten hatte, die Herkunft der Barren zu erklären. Darauf hatte die Firma erwidert, daß man sich nach einer anderen Hausbank umsehen werde, wenn man solchen Belästigungen ausgesetzt sei.

Wann konnte das Gold gestohlen worden sein? Buckingham hatte man am Sonntag tot aufgefunden, und Major Olbude war am Freitag davor zum letztenmal in der Schatzkammer gewesen. Sobald er sie an diesem Morgen wieder inspizierte, würde Mr. Reeder telefonisch in die Grafschaft Kent gerufen werden.

Es wurde hell. Mr. Reeder zog die Jalousien hoch und sah auf die regennasse Straße hinaus. Die Wolken hingen schwer und bleifarben über der Stadt. J. G. braute sich noch eine Tasse Tee, dann trat er wieder ans Fenster und starrte hinunter. Er hörte einen Motor aufheulen. Ein Wagen kam um die Ecke von der Lewisham High Road. Er verfolgte einen Zickzackkurs, der darauf schließen ließ, daß der Fahrer nicht ganz nüchtern war. Zu Mr. Reeders Überraschung hielt der Wagen vor seinem Haus. Nach einer Weile taumelte ein Mann heraus. Er ging schwankend durch den Vorgarten und stolperte die Steintreppe hinauf. Bevor er die Tür erreichte, war Mr. Reeder bereits hinuntergeeilt, um sie zu öffnen. Er fing Larry O'Ryan in seinen Armen auf und stützte ihn.

»Es geht schon«, murmelte Larry. »Ich brauche ein bißchen Wasser. Kann ich mich einen Augenblick setzen?«

Mr. Reeder schloß mit einem Tritt die Tür und führte den jungen Mann zu einer Sitzbank in der Diele.

»Es geht gleich wieder. Ich habe ein bißchen Blut verloren«, brummte Larry.

Der Mantel war an den Schultern rot gefärbt und Larrys Gesicht unter den breiten, roten Streifen kaum zu erkennen.

»Alles in Ordnung«, sagte er wieder. »Ich hab' nur ein bißchen den edlen Ritter gespielt.« Er lächelte schwach. »Gebrochen scheint nichts zu sein, obwohl das Autofahren kein Vergnügen war. Ich bin froh, daß ich keinen Revolver bei mir hatte. Ich hätte geschossen. Jetzt kann ich schon wieder gehen.« Er stand auf und schwankte.

Mr. Reeder führte ihn die Treppe zum Bad hinauf, tränkte ein Handtuch im Wasser und säuberte sein Gesicht. Unter dem Haar zeigte sich eine klaffende Platzwunde.

»Ich glaube, es war der Chauffeur. Ganz sicher bin ich mir nicht. Ich hatte den Wagen einen Kilometer vor Sevenways Castle abgestellt und mache mich zu Fuß auf den Weg.«

Mr. Reeder schnitt Larrys Haar im Bereich der Wunde ab und desinfizierte die Verletzung.

»Jedenfalls hab' ich mit ihr gesprochen«, stieß Larry hervor.

»Sie haben mit ihr gesprochen?« fragte Mr. Reeder erstaunt. »Ja, wenn auch nur ein paar Sekunden. Sie konnte nicht durch das Fenster, es war vergittert, und die Tür hatte man abgesperrt. Aber wir konnten uns kurz unterhalten. Ich hatte eine zusammenlegbare Leiter bei mir, um das Fenster zu erreichen. Sie werden das Ding in einer Anpflanzung neben der Auffahrt finden.«

Mr. Reeder sah ihn düster an. »Wollen Sie damit sagen, daß Miss Leonard gefangengehalten wird?«

»Allerdings. Es gibt im Haus zwar Personal, aber es ist von ein und demselben Mann ausgewählt worden. Und ein Großteil des Geldes hat sich verflüchtigt.«

J. G. Reeder schwieg lange.

»Woher wissen Sie das?« erkundigte er sich schließlich.

»Ich ging hinein und sah es mir an«, erwiderte Larry gelassen. »Der Major wird wahrscheinlich behaupten, ich hätte es gestohlen, aber das ist eine physische Unmöglichkeit. Ich hatte immer vor, mir diese Schatzkammer anzusehen – ich besitze Photographien sämtlicher Schlüssel zu jedem Tresor, den die bewußte Panzerschrankfabrik in den letzten zehn Jahren angefertigt hat. Woher ich diese Bilder habe, möchte ich lieber nicht sagen. Jedenfalls war es das leichteste von der Welt, die Schatzkammer zu betreten.«

»Die Wachen –?«

Larry schüttelte unvorsichtigerweise den Kopf, zuckte aber sofort zusammen. »Au! Das ist weniger angenehm! Es gibt keine Wachen. Diese Geschichte ist erlogen. Solange Lane Leonard noch lebte, war es etwas anderes. Nein, ich konnte hinein, und ebensoleicht wieder heraus. Mehr als die Hälfte der Behälter sind leer! Ich hatte meinen Wagen fast wieder erreicht, als ich überfallen wurde, jemand mußte meinen Wagen bemerkt und meine Rückkehr abgewartet haben. Ich

49

hab' mich immer für sehr schlau gehalten. Ich sah niemanden, hörte aber ein leises Geräusch und drehte mich um. Das hat mir wahrscheinlich das Leben gerettet.«

»Sie haben den Mann nicht gesehen, der Sie niedergeschlagen hat?«

»Nein, es war ziemlich dunkel, aber der Kerl wird noch lange an mich denken. Ich hatte einen Degenstock bei mir – ein Souvenir aus Spanien. Bevor der Bursche zum zweitenmal zuschlagen konnte, versetzte ich ihm eins über den Kopf, daß er schrie und davonrannte. Ich weiß nicht, wie ich zum Wagen und nach London zurückgekommen bin.«

»Darf ich fragen«, meinte Mr. Reeder, »warum Sie eigentlich nach Sevenways gefahren sind?«

»Sie bat mich, sie aufzusuchen – sie bediente sich der französischen Sprache, weil sie nicht vom Chauffeur belauscht werden wollte. Bei dieser Gelegenheit erzählte sie mir auch, daß Sie zu Ihnen kommen wollte. Ihr Zimmer geht auf den Park hinaus – das Gebäude wird als Schloß bezeichnet, in Wirklichkeit ist es ein Haus im Tudor-Stil –, das dritte Fenster rechts vom rückwärtigen Eingang. Wie ich schon sagte, war das Fenster vergittert, so daß aus meinem Plan nichts wurde.«

»Was hatten Sie denn vor, um Himmels willen?« fragte J. G.

»Ich wollte sie entführen«, erklärte Larry gelassen. »Das war ihr Einfall.«

Mr. Reeder erstarrte.

»Sie wollten sie entführen?« sagte er ungläubig.

»Natürlich. Sie hat mich darum gebeten. Das klingt zwar albern, aber es ist einfach so. Sie muß sehr viel Vertrauen zu mir gehabt haben, oder sie war eben sehr verzweifelt.«

Mr. Reeder ging trotz der Proteste Larrys zum Telefon. »Ich brauche wirklich keinen Arzt. Ein Schlag auf den Kopf ist doch nicht so schlimm.«

»Schlimm genug bei einer acht Zentimeter langen Platzwunde«, sagte Mr. Reeder.

Eine halbe Stunde später erschien ein Arzt, der Larrys Wunde nähte. Mr. Reeder bestand darauf, Larry im Hause zu behalten, eine sehr seltene Ehre, denn das war der erste Gast, an den sich Mr. Reeders Haushälterin erinnern konnte.

*

Am frühen Nachmittag erreichte Mr. Reeder Sevenways Castle. Es stand in einem großen Park, und Larry hatte mit Recht behauptet, daß das Gebäude sehr wenig Ähnlichkeit mit einem Schloß hatte. Es war im Tudor-Stil erbaut und wies an einem Flügel einen ziemlich häßlichen, modernen Anbau auf. Das mußte die Schatzkammer sein.

Er hatte seine Ankunft telefonisch angemeldet, und Major Olbude erwartete ihn auf der Veranda. Er führte ihn in die getäfelte Bibliothek, wo im offenen Kamin ein Feuer brannte.

»Ich war mir nicht ganz klar, ob ich Ihre Ankunft abwarten oder die Polizei verständigen sollte. Irgendein Raufbold überfiel gestern nacht mit einer Stichwaffe einen meiner Wildhüter. Ich mußte ihn nach London ins Krankenhaus bringen lassen. Ehrlich gesagt, Mr. Reeder, die Ereignisse der letzten Tage haben mich so nervös gemacht, daß ich es für besser hielt, meine Nichte nach Paris zu schicken. Wenn man sich überlegt, daß einer meiner Wächter getötet und mein Wildhüter überfallen wurde, hat es beinahe den Anschein, als sollte ein Überfall auf die Schatzkammer vorbereitet werden. Wenn ich nicht durch die Bestimmungen des Testaments gebunden wäre, hätte ich den ganzen Inhalt der Kammer in den Tresor einer Londoner Bank schaffen lassen. Übrigens werden Sie sicher erleichtert sein, wenn ich Ihnen sage, daß ich den Tresor heute inspiziert habe, ohne etwas Verdächtiges zu finden. Sämtliche Behälter sind nach wie vor versiegelt, wie ich es auch nicht anders erwartet habe. Ich brauche Ihnen kaum zu erklären, daß ich sehr froh darüber bin. Natürlich hätte ich mir darüber gar keine Sorgen zu machen brauchen. Der Tresor ist absolut sicher, und wenn Buckingham nicht ein ausgesprochener Fachmann war, hätte er die Tür nicht aufbrechen können, ohne sofort entdeckt zu werden. Den Schlüssel habe ich Tag und Nacht bei mir. Ich trage ihn an einer silbernen Kette um den Hals.«

»Und die Behälter sind alle in Ordnung?« erkundigte sich Mr. Reeder.

»Jawohl. Möchten Sie den Tresor besichtigen?«

Mr. Reeder folgte ihm einen langen Gang entlang, in einen kleinen Raum, der offensichtlich als Arbeitszimmer diente, dann durch eine Stahltür, die Olbude aufschloß, in einen kleinen Vorraum mit vergittertem Oberlicht. Hier erreichten sie eine weitere Stahltür und kamen dann in einen schmalen Korridor, der zur eigentlichen Schatzkammer führte.

Sie war ein riesiger Tresor aus Beton und Stahl, mit einer angeschlossenen Wohnküche, wo die Wachen saßen. Dieser Raum befand sich unmittelbar gegenüber der Stahltür zur Schatzkammer.

»Ich glaube, man kann sogar mit Recht von einem Gewölbe sprechen«, erklärte der Major, »weil die Kammer ungefähr eineinhalb Meter in die Erde eingelassen ist – man geht eine kleine Treppe hinunter.«

Mr. Reeder sah sich um. »Wo ist die Wache?« fragte er.

Major Olbude breitete verzweifelt die Arme aus.

»Ich fürchte, ich habe den Kopf verloren. Ich zahlte jedem einen Monatslohn aus und entließ die Leute, als ich zurückkam. Das war wahrscheinlich dumm von mir, weil man sich auf die Männer verlassen konnte, aber wenn man einmal argwöhnisch geworden ist, hat es wohl wenig Zweck, auf halbem Weg stehenzubleiben.«

Mr. Reeder besah sich die Stahltür genau. Er bemerkte jedoch sofort, daß nur ein Genie von Einbrecher den Eintritt in die Schatzkammer hätte erzwingen können, und auch das nur mit Hilfe modernster Werkzeuge. Es war auf keinen Fall eine Aufgabe für einen einzelnen Mann, schon gar nicht für einen Amateur.

Er kehrte ins Haus zurück, die Hände in den Taschen, den unvermeidlichen Schirm über den Arm gehängt, die Melone ins Genick geschoben. Er blieb stehen, um eine der Statuen zu bewundern, die in der großen Eingangshalle aufgestellt waren.

»Ein sehr altes Haus«, sagte er. »Ich interessiere mich ganz besonders für diese englischen Landsitze. Wäre es möglich, daß ich das Haus besichtigen könnte?«

Major Olbude zögerte.

»Warum nicht?« meinte er schließlich. »Viele Zimmer sind allerdings abgeschlossen; wir benützen nur einen Flügel.«

Sie gingen von Zimmer zu Zimmer. Der große Wohnsalon war leer. Aber auf einem niedrigen Tisch bemerkte Mr. Reeder ein Buch. Es war aufgeschlagen und lag mit dem Rücken nach oben; jemand wünschte also unbedingt dort fortzufahren, wo er zuletzt gelesen hatte. Daneben lag eine Brille und ein Futteral. Reeder sagte nichts. Er ging weiter ins Speisezimmer mit der Täfelung und den künstlerisch verarbeiteten Fensterstöcken. Er bewunderte das geschnitzte Wappen des ursprünglichen Besitzers und lauschte aufmerksam, während Major Olbude die Geschichte von Sevenways Castle berichtete.

»Das obere Stockwerk wollen Sie doch sicher nicht sehen?«

»O doch. Die alten Schlafzimmer in diesen Landsitzen interessieren mich ganz besonders. Innenarchitektur ist mein Hobby«, erklärte Mr. Reeder entgegen aller Wahrheit.

Sie stiegen eine breite Treppe empor. Oben zog sich ein Korridor entlang. Die Türen führten zu den Schlafzimmern.

»Das ist das Zimmer meiner Nichte.«

Major Olbude öffnete eine Tür und gab den Blick auf ein düster wirkendes Zimmer mit Himmelbett frei. »Wie ich schon sagte, fuhr sie heute morgen nach Paris –«

»Und hinterließ alles in peinlichster Ordnung«, murmelte Mr. Reeder. »Sehr erfreulich bei einer modernen jungen Dame.«

Nichts ließ erkennen, daß der Raum bewohnt gewesen war. Es roch sogar ein wenig muffig.

»In diesem Flügel gibt es sonst nichts Interessantes zu sehen, außer meinem Schlafzimmer«, erklärte Major Olbude und führte seinen Gast an der Treppe vorbei. Er beschleunigte seine Schritte, aber Mr. Reeder blieb vor einer Tür stehen.

»Es gibt übrigens einen sehr berühmten Ausspruch eines Franzosen über einen englischen Landsitz«, erklärte Reeder feierlich. »Sprechen Sie – äh – Französisch?«

Olbude bemerkte etwas beschämt, daß er zwar Griechisch und Lateinisch gelernt habe, die modernen Sprachen aber leider nicht beherrsche.

»Der Franzose sagte folgendes«, erklärte Mr. Reeder und rief etwas auf französisch, und zwar sehr laut. Hätte der gute Major Olbude Französischkenntnisse besessen, dann wäre ihm folgendes zu Ohren gekommen: »Wenn Sie im Zimmer sind, bewegen Sie bitte Ihren Vorhang, sobald Sie mich vor dem Haus sprechen hören.«

»Ich sagte doch schon, daß ich das nicht verstehe«, erklärte Olbude etwas beleidigt.

»Der Franzose meinte«, übersetzte Mr. Reeder freundlich, »daß der Engländer unter einem guten Haus ein bequemes Bett in einer Festung versteht. Und jetzt«, meinte er, als sie die Treppe hinuntergingen, »würde ich gern das Haus von außen sehen.«

Sie wanderten den Kiesweg entlang, der parallel zur Rückseite des Hauses lief. Major Olbude wurde immer ungeduldiger; darüber hinaus zeigte er eine wachsende Besorgnis indem er sich ständig umsah, als erwarte er einen unwillkommenen Besucher. Mr. Reeder entging nichts.

Als er unter dem dritten Fenster rechts vom Eingang stand, sagte er laut, indem er auf eine entfernte Baumgruppe deutete: »Wurde dort Ihr Wildhüter überfallen?«

Während er sprach, warf er schnell einen Blick über die Schulter. Der Vorhang am dritten Fenster bewegte sich.

»Nein, das war auf der gegenüberliegenden Seite«, fertigte ihn der Major kurz ab.

»Jetzt wollen Sie sich wahrscheinlich das Zimmer Buckinghams ansehen? Die Polizei war heute morgen hier und hat alles durchsucht, also wird sich eine neuerliche Überprüfung wohl nicht lohnen. Soviel mir bekannt ist, wurde auch nichts gefunden.«

Mr. Reeder sah ihn nachdenklich an.

»Nein, ich glaube nicht, daß ich Buckinghams Zimmer sehen möchte, aber ich hätte nicht übel Lust, Ihnen ein paar Fragen zu stellen. Darf ich das Innere der Schatzkammer sehen?«

»Nein, das dürfen Sie nicht.« Olbudes Stimme klang scharf und unfreundlich. Er schien das sofort zu bemerken, weil er hinzufügte: »Verstehen Sie mich recht, Mr. Reeder, meine Verantwortung ist sehr groß. Meine Aufgabe belastet mich so sehr, daß ich schon daran gedacht habe, das Gericht um Bestellung eines neuen Vermögensverwalters zu bitten.«

Sie waren in die Bibliothek zurückgekehrt. Mr. Reeder gab sich nicht länger als der ein wenig schüchterne ältere Herr. Er sprach knapp und befehlend.

»Ich möchte Ihre Nichte sprechen.«

»Sie ist nach Paris gefahren.« – »Wann?«

»Heute morgen, mit dem Wagen.«

»Ich möchte Sie etwas fragen. Ist Ihre Nichte kurzsichtig? Trägt sie eine Brille?«

Olbude ließ sich überrumpeln. »Ja. Der Arzt hat ihr eine Brille zum Lesen verordnet.«

»Wie viele Brillen hat sie?«

Major Olbude zuckte die Achseln.

»Was sollen diese albernen Fragen?« meinte er gereizt. »Soviel ich weiß, hat sie nur eine Brille, blaues Schildpatt –«

»Würden Sie mir dann freundlichst erklären, warum sie eine lange Reise antrat, ohne ihre Brille mitzunehmen? Sie liegt nämlich im Wohnsalon. Ich möchte ihr Zimmer sehen.«

»Das habe ich Ihnen bereits gezeigt«, erwiderte Olbude mit erhobener Stimme.

»Ich möchte das dritte Zimmer links von der breiten Treppe sehen.«

Olbude warf ihm einen Blick zu und lachte dann.

»Mein lieber Mr. Reeder, das ist doch sicherlich nicht die Art der Staatsanwaltschaft.«

»Es ist meine Art«, knurrte Mr. Reeder.

Nach einer längeren Pause sagte Major Olbude:»Gut, ich gehe hinauf und hole sie.«

»Wenn es Ihnen nichts ausmacht, komme ich mit.«

Vor der Tür zum Zimmer von Miss Lane Leonard zögerte Mr. Olbude.»Ich will Ihnen die Wahrheit sagen, obwohl ich nicht einsehe, daß Sie die Sache etwas angeht«, erklärte er.»Meine Nichte war sehr indiskret. Soviel ich in Erfahrung bringen konnte, wollte sie mit einem Unbekannten entfliehen, der meines Wissens vorbestraft ist – das dürften Sie bestätigen können, weil Sie mit dem Fall zu tun hatten. Als ihr Vormund habe ich natürlich gewisse Pflichten, und meine Notlüge über ihre Reise nach Paris –«

»Vielleicht wird sie mir das alles selbst erklären.«

Major Olbude nahm einen Schlüssel aus der Tasche und schloß die Tür auf.

»Komm heraus, Pamela. Mr. Reeder möchte dich sehen.«

Sie trat ans Licht; ihre Augen waren unverwandt auf ihren Vormund gerichtet.

»Es trifft doch zu, daß du das Haus verlassen wolltest, und daß ich dich deswegen in deinem Zimmer eingesperrt habe?«

Sie nickte. Man konnte deutlich erkennen, daß sie vor Angst kein Wort herausbrachte. Reeder spürte jedoch, daß nicht der Major ihr diese Furcht einflößte.

»Das ist Mr. Reeder. Du hast ihn, glaube ich, gestern kennengelernt. Mr. Reeder scheint der Ansicht zu sein, daß hinter meiner erzieherischen Maßnahme etwas Unheimliches steckt. Habe ich dich in irgendeiner Hinsicht schlecht behandelt?«

Sie schüttelte den Kopf, aber so schwach, daß man es kaum bemerkte.

»Möchtest du Mr. Reeder irgend etwas sagen – irgendeine Beschwerde vorbringen? Mr. Reeder hat mit der Staatsanwaltschaft zu tun.« Olbudes Stimme nahm einen schwülstigen Klang an.»Wenn ich in irgendeiner Weise ungesetzlich gehandelt habe, wird er dafür sorgen –«

»Das ist doch alles ganz unnötig, nicht wahr, Major Olbude?« sagte Reeder ruhig. »Ich meine, dieses – äh – Einsagen und Drohen. Wenn ich mich vielleicht ein paar Minuten in der Bibliothek allein mit der jungen Dame unterhalten könnte –«

»Worüber? Sie möchten ihr ein paar Fragen über mich stellen, nicht wahr?« erkundigte sich Olbude.

»Merkwürdigerweise kam ich hierher, um Ermittlungen in der Mordsache Buckingham anzustellen. Wenn Sie damit etwas zu tun haben, werde ich ihr bestimmt Fragen über Sie stellen.« Er sah den anderen unverwandt an. »Wenn Sie allerdings in die Sache nicht verwickelt sind, haben Sie von unserem Gespräch auch nichts zu befürchten, Major Olbude. Kannten Sie Buckingham, Miss Leonard?«

»Ja«, sagte sie leise. »Aber nicht sehr gut. Ich bin ihm ein- oder zweimal begegnet.«

»Wir gehen wohl besser in die Bibliothek«, unterbrach Olbude mit stockender Stimme. »Ich glaube nicht, daß Ihnen Pamela helfen kann, aber da Sie darauf bestehen, sie zu verhören, werde ich Ihnen nichts in den Weg legen. Ich bin natürlich nicht begeistert davon, daß ein junges Mädchen gezwungen wird, über einen Mord zu sprechen, aber wenn das die Methoden der Staatsanwaltschaft sind, bitte sehr.«

Er führte sie in die Bibliothek zurück, machte aber keine Anstalten, sich zu entfernen, vielmehr setzte er sich in den bequemsten Stuhl und lauschte.

Sie wußte wenig über Buckingham. Mr. Reeder konnte sich des Eindrucks nicht erwehren, daß sie sich nicht im mindesten für den Mordfall interessierte. Sie hatte das Bild in der Zeitung gesehen und die Aufmerksamkeit ihres Onkels auf den Fall gelenkt. Sie konnte nichts über die Schatzkammer berichten, da sie sie nur von außen gesehen hatte und auch keinen der Wächter kannte.

Olbudes Gegenwart schien ihr nichts auszumachen, aber bei jeder Antwort auf Reeders Fragen warf sie einen verängstigten Blick zur Tür, als erwarte sie jemanden. Mr. Reeder konnte sich durchaus vorstellen, wer das war.

Er sah auf die Uhr, und sein Benehmen änderte sich plötzlich. Er war zu dem Mädchen bisher sehr liebenswürdig gewesen, aber nun sagte er scharf:»Ihre Antworten befriedigen mich gar nicht, Miss Leonard. Ich muß Sie nach Scotland Yard mitnehmen und dort weiter verhören.«

Einen Augenblick lang sah sie ihn entsetzt an, dann begriff sie, und Erleichterung zeichnete sich in ihrem Gesicht ab. Der Major erhob sich.

»Das ist eine ausgesprochene Anmaßung«, quakte er,»und ich glaube, daß ich Ihnen eine Menge Unannehmlichkeiten ersparen kann. Ich werde Ihnen etwas gestehen, Mr. Reeder. Ich habe diesen Buckingham gedeckt. Einen Grund dafür kann ich Ihnen auch nicht angeben, außer, daß ich meine Nichte vor der Neugier der Öffentlichkeit schützen wollte. Als ich heute morgen die Schatzkammer betrat, stellte ich fest, daß vier Behälter leer waren. Sie fragten mich, ob Sie den Tresor sehen konnten, und ich lehnte ab. Das war sehr unklug von mir, und wenn Sie wollen, kann ich nicht nur zu dem Diebstahl, sondern auch zum Verschwinden Buckinghams einiges sagen –«

»Zuerst möchte ich Ihnen etwas erzählen«, unterbrach ihn Reeder.»Eine alte Geschichte. Einen Teil davon erfuhr ich von einem ehemaligen Zögling Ihrer Schule, den Rest brachte ich selbst an den Tag.«

Major Olbude befeuchtete seine Lippen.

»Es ist eine Geschichte über einen Namensvetter von Ihnen«, fuhr Reeder fort,»einen recht schlauen Mann, der Offizier bei der Landwehr war. Er hatte sogar Ihren Rang, und wenn ich mich recht erinnere, hieß er mit dem Vornamen – äh – Digby.«

Er sah, wie sich Olbude verfärbte.

»Unglücklicherweise war er rauschgiftsüchtig«, erklärte Mr. Reeder, ohne seine Augen von dem Gesicht des anderen abzuwenden,»und man muß gerechterweise zugeben, daß er sich dieser Schwäche schämte. Als er so weit hinabsank, daß er mit Kokain handelte, nahm er einen anderen Namen an. Ich veranlaßte seine Verhaftung. Er gestand mir, daß er reiche Verwandte habe, die ihm helfen könnten. Er erwähnte sogar einen Schwager, namens Lane Leonard. Zu diesem Zeitpunkt war er, wie ich schon erwähnte, ziemlich tief gesunken. Ich bin nicht gerade ein Menschenfreund, aber ich habe eine Schwäche für Hilflose, und je hilfloser sie sind – desto mehr bemühe ich mich, etwas für sie zu tun. Der Erfolg gibt mir selten recht. Bei Major Digby Olbude konnte ich leider nichts erreichen. Ich blieb mit ihm nach seiner Entlassung aus dem Gefängnis in Verbindung, aber nach einiger Zeit tauchte er unter, und ich hörte nichts mehr von ihm, bis ich erfuhr, daß er im Krankenhaus St. Pancras verstorben war. Man beerdigte ihn unter dem Namen Smith, aber zum Unglück für alle Beteiligten hielt sich zur damaligen Zeit auch ein alter Bekannter von Olbude in dem genannten Krankenhaus auf. Dieser Bekannte nun wurde zum Verbindungsglied, über welches Lidgett den Unglücklichen aufspüren konnte.«

Olbude fand seine Stimme wieder. »Es gibt sehr viele Olbudes auf der Welt«, sagte er, »und Digby ist ebenfalls nicht selten. Vielleicht war er weitläufig mit mir verwandt.«

»Ich glaube nicht, daß er mit Ihnen verwandt war«, sagte Mr. Reeder sanft. »Es ist wohl besser, wenn ich mit Lidgett spreche, und dann möchte ich mit Scotland Yard telefonieren und den für den Fall Buckingham verantwortlichen Kriminalbeamten hierherbitten. Ich fürchte, das Ganze wird ziemlich unangenehm für Sie werden.«

»Ich weiß nichts über Buckingham«, erwiderte Olbude heiser. »Mit den Wachen hatte ich wenig zu tun. Ich bezahlte sie, und das war alles.«

»Wenn Sie sagen ›Wachen‹, meinen Sie natürlich nur einen Wächter«, erklärte Mr. Reeder. »Seit dem Tode Mr. Lane Leonards gab es keine Bewacher der Schatzkammer mehr. Der einzige war Buckingham gewesen. Es fiel mir wirklich nicht schwer, das herauszufinden. Haben Sie übrigens den Schlüssel zur Schatzkammer?«

Der andere schüttelte den Kopf.

»Mit einer Silberkette um den Hals?« meinte Mr. Reeder.

»Nein«, sagte Olbude brüsk. »Ich habe ihn nie gehabt. Lidgett trägt ihn bei sich.«

Mr. Reeder lächelte. »Ein Grund mehr, den unternehmungslustigen Chauffeur hierher zu bitten.«

Pamela hörte schweigend zu.

»Lidgett ist in seinem Zimmer«, erklärte Olbude schließlich. »Ich nehme an, daß es sehr ernst für mich werden wird?«

»Ich fürchte, ja«, erwiderte Reeder. Der Major biß sich auf die Unterlippe und sah zum Fenster hinaus.

»Nichts kann sehr viel schlimmer sein als das demütigende Dasein der letzten Jahre«, meinte er. »Ich habe mir nie vorstellen können, daß man für Reichtum einen so hohen Preis zahlen muß.«

Er sah das Mädchen mit wehmütigem Lächeln an.

»In dieser Schatzkammer befindet sich Gold im Werte von nahezu fünfhunderttausend Pfund«, fuhr er fort. »Ich habe neulich eine oberflächliche Berechnung angestellt. Lidgett war freundlich genug, mir die Schlüssel zu überlassen – es blieb ihm nichts anderes übrig, weil ich mich grundsätzlich weigerte, über den Inhalt der Schatzkammer eine Erklärung abzugeben, bis ich mich selbst davon überzeugt hatte, daß das Geld nicht völlig verschwunden ist.

Er und Buckingham besuchten gemeinsam Spielklubs. Mir ist nie ganz klargeworden, wie Buckingham sein Vertrauen gewann, aber ich könnte mir vorstellen, daß Buckingham für den Transport des Goldes nötig war. Ich möchte allerdings feststellen, daß ich nichts vom Diebstahl des Goldes wußte, obwohl ich einen gewissen Verdacht nicht loswurde. Als ich Lidgett den Diebstahl auf den Kopf zusagte, gab er offen alles zu und meinte, ich würde es nicht wagen, etwas gegen ihn zu unternehmen. Ich weiß, daß die beiden sehr viel stritten, und Miss Lane Leonard wird Ihnen erzählen können, daß es sogar zu Handgreiflichkeiten kam, bei denen Lidgett unterlag. Darauf wird wohl auch der Mord zurückzuführen sein. Und jetzt werde ich wohl besser Lidgett holen.«

Er verließ das Zimmer, ging die Treppe hinauf, den Korridor entlang bis zum Ende des linken Flügels und klopfte an eine Tür. Eine mürrische Stimme antwortete, und als er seinen Namen nannte, hörte er das Schlürfen von Schritten. Kurze Zeit später wurde der Schlüssel im Schloß umgedreht.

Lidgett trug einen Schlafrock. Sein Gesicht war bepflastert.

»Ist er endlich gegangen?« knurrte er.

Major Olbude schüttelte lächelnd den Kopf.»Nein«, erklärte er gelassen.»Im Augenblick sitzt er mit Miss Lane Leonard in der Bibliothek.«

Lidgett riß die Augen auf.»Mit ihr? Er spricht mit ihr? Was zum Teufel soll das heißen?«

»Es soll heißen, daß ich Mr. Reeder die Wahrheit gesagt habe, soviel mir davon bekannt ist. Ich konnte ihm natürlich von den Umständen, die zum Mord an Buckingham geführt haben, nichts berichten, weil ich nicht weiß, was vorgefallen war. Ihre Betätigung am nächsten Tag in der Garage und das fleißige Wagen waschen lassen jedoch darauf schließen, daß der Mord in der Garage verübt wurde. Ich weiß, daß Sie im Ofen Kleidungsstücke verbrannt haben, aber das ist alles ganz unwichtig.«

Lidgett war sprachlos. Und dann, als er begriff, was das bedeutete, schrie er auf:»Du hinterhältiger ...«

Mr. Reeder hörte zwei Schüsse, dann einen dritten. Er rannte die Treppe hinauf und erreichte den Schauplatz gemeinsam mit einem Diener. Als er in die Bibliothek zu Pamela zurückkehrte, war sein Gesicht ernst.

»Ich werde Sie nach London bringen, Miss Leonard«, sagte er.»Ich habe eines der Dienstmädchen gebeten, Ihre Sachen zu packen und sie herunterzubringen.«

»Ich kann doch selbst –«begann sie.

»Es ist nicht nötig.«

»Was ist passiert?«fragte sie.

»Wir unterhalten uns im Wagen darüber«, meinte Reeder.

Aber er löste sein Versprechen nicht ein. Er sagte ihr nicht einmal, daß der an einer Silberkette befestigte Schlüssel, den er in der Tasche trug, vom Hals des toten Lidgett stammte und noch mit Blutspritzern befleckt war.

*

»Die ganze Geschichte ist, soweit ich sie zusammenfügen konnte, einigermaßen kompliziert«, erklärte Mr. Reeder seinem Chef,»aber längst nicht so kompliziert, wie wir angenommen hatten. Aber das stellt sich ja immer wieder heraus.

Der echte Major Olbude war rauschgiftsüchtig und starb im Krankenhaus St. Pancras. Er war mit Lane Leonard verwandt und hatte früher auch geschäftlich mit ihm zu tun gehabt. Als Lane Leonard feststellte, daß er im Sterben lag, dachte er wieder an seinen Schwager und schickte Lidgett auf die Suche. Durch einen Glücksfall gelang es Lidgett, Olbude aufzuspüren. Er entdeckte, daß der Major im Armenfriedhof von St. Pancras begraben lag.

Nun muß man sich darüber im klaren sein, daß Lidgett recht intelligent war. Er wußte, daß die Vermögensverwaltung einem gerichtlich bestellten Treuhänder zufallen würde, wenn nicht umgehend von Lane Leonard ein Verwalter bestellt wurde. Und das hätte seine Entlassung bedeutet, da ihn Miss Pamela nicht leiden konnte. Er kam auf die Idee, einen falschen Major Olbude vorzuschieben, und seine Wahl fiel auf einen Mann, den er in einem Spielklub in der Dean Street kennengelernt hatte. Bei diesem Mann handelte es sich um einen hochtrabenden Lehrer, der vom Spielteufel besessen war und jede Woche einmal nach London fuhr.

Mr. Tasbitt war früher an der Fernleigh-Universität angestellt, wo auch Larry O'Ryan studierte. Es besteht gar kein Zweifel, daß Larry unschuldig war und es sich bei dem wirklichen Dieb um Tasbitt handelte. Lidgett, der sich auf den schlechten Gesundheitszustand seines Herrn verließ, brachte Tasbitt nach Sevenways Castle und stellte ihn als Major Olbude vor. Das Risiko war in Wirklichkeit sehr gering. Nur sehr wenige Leute kannten Olbude. Ich habe erst heute erfahren, daß sein Majorsrang auf Angabe beruhte. Er hatte nur zwölf Monate in der Landwehr gedient und war nur Lieutenant geworden. Aber das ist unwichtig.

Alles hätte geklappt, wenn Buckingham und Lidgett sich nicht in die Haare geraten wären, wahrscheinlich wegen der Aufteilung der Beute. Gemeinsam betrieben sie eine Grundstücksfirma, die zwar nicht gerade riesige Geschäfte tätigte, aber keineswegs schlecht florierte. Es ist mir inzwischen gelungen, Lidgetts Konto zu finden, und zu gegebener Zeit wird ein beträchtlicher Teil des fehlenden Geldes an den Eigentümer zurückgegeben werden.

Es war Pech für Tasbitt, daß O'Ryan sich in der Nähe meines Büros aufhielt, als er als Major Olbude zu mir kam. O'Ryan erkannte ihn sofort, aber das beruhte auf Gegenseitigkeit.«

Der stellvertretende Staatsanwalt stellte noch eine Frage: »Wird die junge Dame O'Ryan heiraten?«

Mr. Reeder nickte. »Ich denke schon«, erwiderte er würdig.

»Besteht denn nicht die Möglichkeit, daß er es nur auf ihr Geld abgesehen hat?«

Mr. Reeder schüttelte den Kopf. »Er besitzt selbst Vermögen«, meinte er ein wenig bedauernd.

*

Ende

Eigene Buchreihe oder eigenen Verlag gründen

Seit 2009 bietet tredition sein Verlagskonzept auch als sogenanntes "White-Label" an. Das bedeutet, dass andere Unternehmen, Institutionen und Personen risikofrei und unkompliziert selbst zum Herausgeber von Büchern und Buchreihen unter eigener Marke werden können. tredition übernimmt dabei das komplette Herstellungs- und Distributionsrisiko.

Zahlreiche Zeitschriften-, Zeitungs- und Buchverlage, Universitäten, Forschungseinrichtungen u.v.m. nutzen diese Dienstleistung von tredition, um unter eigener Marke ohne Risiko Bücher zu verlegen.

Alle Informationen im Internet: **www.tredition.de/fuer-verlage**

tredition wurde mit mehreren Innovationspreisen ausgezeichnet, u. a. mit dem Webfuture Award und dem Innovationspreis der Buch Digitale.

tredition ist Mitglied im Börsenverein des Deutschen Buchhandels.

Dieses Werk elektronisch lesen

Dieses Werk ist Teil der Gutenberg-DE Edition DVD. Diese enthält das komplette Archiv des Projekt Gutenberg-DE. Die DVD ist im Internet erhältlich auf **http://gutenbergshop.abc.de**